コラムニストになりたかった

中野翠

新潮社

コラムニストになりたかった　目次

コラムニストになりたかった

1969

とりあえずのアルバイト

なんと、もう、半世紀も昔――。一九六九年の二月か三月のある昼さがり。私は有楽町の読売新聞社（現在は「マロニエゲート」）前の交差点で信号待ちをしながら、路上の隅にわずかに残る薄茶に汚れた雪をジーッとみつめていた。

大学はギリギリの成績で卒業したものの、就職には失敗。出版社を二社受けただけで、もう、どうでもいいという気分で、父が勤めていた読売新聞社でアルバイトをすることになった。

アルバイトのあきがあったのは、出版局の図書編集部。前任者は中卒で夜間の高校に通学中という女の子。仕事内容は、いわゆる「お茶くみ」。雑用一般のようだった。

それでも、出勤初日なので、一番のよそゆきのスーツ（シャネル・スーツまがいのサーモンピンクのネップ・ツイード、金ボタン飾り）にハイヒールといういでたち。気に入っ

て買ったはずなのに、実際に着て外出してみると、その良家の子女風スーツ（？）は全然似合っていない気がしてイラついた。結局はコネに頼ることになった自分というのも情なかった。そんな暗澹《あんたん》とした気分が、道路脇の汚れた雪のかたまりに象徴されているかのようだった。

図書編集部は本社の横の別館五階にあった。一つのフロアに図書編集部と校閲部があって、それぞれ十二人くらいずつ。

「お茶くみ」と呼ばれる通り、一番の任務は朝と昼食後の二回、お茶を淹れて配ること。これが実際には結構、大変。その階には給湯室がなかったので、計三十個ほどの湯飲み茶碗を入れたポリエチレン製バスケットと大きなポットを持って四階の給湯室に行って、洗ったり、お湯を補給したりして、ガシガシと階段をのぼりおりするのだ。ミニスカートにハイヒールといういでたちで。

新刊本の発送、資料集め、まだＦＡＸは普及していなかったので著者の家を訪ねての原稿受け取り……など。思いのほか忙しかった。

アルバイトとは言え、初めての「おつとめ」だったせいか、図書編集部の人たち全員、そして隣りの校閲部の人たちの何人かは、今でも鮮やかにおぼえている。

私の席の真うしろに座っていたオジサン編集者のＮさんは、たびたび、「おうっ、行くぞ」と言ってランチ（と言ってもラーメンばかりだったが）をおごってくれた。私と同い歳のお嬢さんがいるということだった。長身でがっしりした体格。「古武士」という言葉がピッタリの雰囲気。小さなことにはこだわらない、豪放な人で、私は好きだったけれど、部内では孤立していたような気もする。

　私がフリーライターへの道を歩み始めた頃だから、四、五年後ということになるだろうか。いわゆる出張校正（印刷所に行って校正をする）で市ヶ谷の大日本印刷に行ったら、Nさんとバッタリ会った。定年退職後、PR誌の編集をしているとのことだった。独得の、ぶっきらぼうなやさしさに久しぶりに触れて、うれしかった。

　もう一人、図書編集部で強く印象に残っているのは、当時まだ三十代だったろうか、谷《や》亀《がめ》利一さん。早大の、たしか仏文科出身で、ヒトクセありそうな風貌。何かの折に話してみると、フランスの構造主義というのを日本に紹介することに尽力している様子だった。興味を持って聞いていたせいか、「お茶の水のどこそこで講義をしているんだ。聴きに来てくれてもいいよ」と言うので、さっそく聴きに行った。当時は「なるほどなー」と引き込まれて聴いていたのだが……今や、どういう話だったか、まったく忘れている。だいぶ後になって、谷亀さんは構造主義の理論書ばかりではなく、ジョルジュ・シムノンやパトリシア・モイーズなどのミステリの翻訳者でもあることを知った。

　校閲部に、もうだいぶシラガが目立つようになっていたSさんというオジサンがいた。席がわりあい近くて、時どき、視線を感じた。ある時、退社後、有楽町駅までいっしょになって、私がポケットに無造作に突っ込んでいた国電の定期パスが、ビニールケースにも入れず、むきだしのままだったのを見て、ビックリしていた。車中でちょっと雑談しただけなのだったが……ある日、「息子の嫁に」と言われて、申し訳ないけれど頭の中で爆笑。辞退した。いったい私のどこがどうウケたのだか、いまだに謎。

つかの間の家出

何しろアルバイトの身なので、忙しくても残業はなかった。それもあって、すぐ近くの映画館『並木座』にたびたび観に寄っていた。古い日本映画のリバイバル上映館。入場料はごく安かった。

八月だったか九月だったか、私は念願の家出をした。確か家賃八千円という安さだったので、倹約すればアルバイト代でどうにか暮らせると思ったのだった。井の頭線のどこかの駅。徒歩五分の二階建てアパート。フロなし、六畳、小さなキッチンつき。

契約をして、帰宅後、両親にその話をしたら、母はすぐに「じゃあ、とりあえずフトンをチッキ（鉄道による小荷物輸送）で送ろうか」と現実的だったのだけれど、父はショックで寝込んでしまった。

イザ引っ越して、四、五日くらいは凄い解放感に酔っていたのだが……ある夜のこと、廊下で家主が他の部屋のドアをガンガン蹴ったり、口汚く罵ったりしているのでビックリ。気が狂っているとしか思えなかった。そんなことが、日を置いて、二、三回あった。怖くて、気味悪くて……一ヵ月たらずで家に舞い戻ってしまった。

何年も経ってから、「ああ、あれは気が狂っていたんじゃなくて、いわゆる酒乱というやつだったのね」と、やっと気がついた。私の家は父も祖父も兄もお酒を呑まないので、酒乱というものを知らなかったのだ……。そのくらい私は世間知らずだった。

話は戻る。四階の『週刊読売』（二〇〇八年廃刊）で、やっぱり「お茶くみ」をしていた宇佐美さんという女子と気が合って、そちらの編集部の何人かとも顔見知りになった。その頃、私は、ビアズレー風の絵を描く不思議少女（当時の、新宿のフーテン。オカッパの髪、黒のパンツ・スーツで、一見少年風）と知り合いになっていて、かなりの才能を感じ、何とかして彼女をイラストレーターとしてデビューさせたいという気になっていたので、『週刊読売』の佐野さんという小粋な雰囲気の編集者にその話をしたら、「じゃあ、平凡出版の椎根《しいね》君に見てもらうといいよ」と言われ、当時、六本木に仮住まいしていた平凡出版（のちのマガジンハウス）の新雑誌編集室という所に彼女を連れて行ってみたら……。

いきなり立川ユリ（当時、『装苑』などでバリバリ売り出し中のファッション・モデル）が編集室で雑誌を読んでいた。「うーん、やっぱり実物、キレイ！」などと感動していたら、チリチリのアフロ・ヘアにジーンズの上下、足もとはプラットホーム・シューズという最先端ファッションの人物登場。「椎根です」と。

結局、不思議少女の絵はボツにされたものの、私は平凡出版の思いっきりカジュアルで、（好もしい意味で）浮薄な雰囲気に触れて、わくわくした。それから半年後、椎根和《やまと》さんが担当していた新雑誌は『ａｎａｎ（アンアン）』として華々しく創刊された。

それから歳月はザッと二十年くらい流れて。一九八八年、椎根さんは新雑誌『Ｈａｎａ

ｋｏ』の初代編集長として、巻末連載コラムのライターに私を指名してくれたのだった。

最初の打ち合わせで再会した時、椎根さんは紺のスーツで頭もサッパリとした短髪で、一九六九年当時のファッションとは一変。私は「実は昔、六本木にあった新雑誌編集室で一度お会いしてるんです」と言ってみたけれど、まったく記憶にないようだった。

アルバイトだったせいか学生気分が全然ぬけなくて、大学時代の友人・土屋修身《おさみ》さんや石井康夫さんにチョコチョコ会っていた。二人はいっしょに競馬関係の情報会社にもぐり込んでいた。みんなマンガが好きだった。

『週刊読売』の編集者の阿部氏が、当時すごいイキオイで売り出していたマンガ家、永井豪にインタビュー取材するというのを聞いて、土屋氏といっしょに連れて行ってもらった。

永井豪さんは奥の仕事部屋にいて顔も見られず。手前の部屋で永井豪のお兄さんでマネージャー役の人が原稿待ちの編集者らしき人たちと、トランプだったか何だったかで賭けごとをしていた。売れっ子の現場の荒々しい活気をかいま見た思い。

私は高三の時に創刊された『ガロ』をずうっと熱心に読んでいて、特に好きだったのは、つげ義春と滝田ゆう。しばらくして同世代らしき佐々木マキ。

少年マンガ雑誌も読んでいた。注目していたジョージ秋山は、翌年、『少年サンデー』で『銭ゲバ』を、『少年マガジン』で『アシュラ』を連載開始。人間の「悪」というものをジックリと見すえた力作で、わくわくした。

1970

『アンアン』の衝撃

前年の暮だったか、それとも一九七〇年に入ってすぐだったのか……とにかく冬のある日、『平凡パンチ　女性版』というのが出た。興味を持って読んでいたら、ほぼ白紙のページがあり、「このスペース内であなたを売り込んでください」といった文章が添えられていた。つまり、平凡出版がこれから創刊する女性誌の編集スタッフを募集しているのだった。

私はアッと驚き、大いに気持を動かされたのだったが、自分のどこがどう〝売り〟になるのかわからず、迷っているうちに期限ギレということになってしまった（私の人生、このパターン、多い。失敗を怖れて、行動できず）。

高校時代からの親友で東京外国語大学ロシア語科を卒業したK子も、就職できず（大学紛争で卒業の時期が遅れた）、小出版社でアルバイトしていた。二月頃だったと思う。K

子と例によってグチりあっていると、Ｋ子が「主婦の友社でコピーライターを募集しているという新聞広告があったわよ」と言う。

　コピーライターというのは当時、急激に一般化しつつあった鮮度の高い職種名だった。老舗出版社の主婦の友社で、なぜコピーライター？　という疑問も少しかすめたし、一名だけの採用というのも気になったけれど、軽い気持で受けたら受かってしまった。

　試験会場には確か三、四十人いたと思う。一般常識と国語力のペーパーテスト。それから八百字程度の作文だった。のちに上司のカメダさんが語るところによると、「作文が面白く、決め手になった」のだそうだ。何をどう書いたか、全然思い出せないが。

　とにかく勤め先が正式に決まった。しかも戦前からの大手出版社――というので両親もだいぶホッとしたようだった。私は「これで、やっとカクレミノができた」と感じた。なぜカクレミノと思ったのか、自分でもよくわからないが。とにかく私の心の中には何か表現したいものがあり、それはまだ、まったく混沌としたもので、うまく表現できずにイライラジリジリしている。それが焦点を結ぶまで、「ＯＬ」という、世間一般に通りのいい肩書きをひとまず手に入れてホッとした――といった心境だったような気がする。

　勤め先となった主婦の友社は御茶ノ水駅下車、歩いて五分くらい。駿河台にあった。戦前からのアールデコっぽいデザインの建て物で、正面階段は大理石、（アメリカ映画でよく見られるような）半地下の部屋もある立派なビルだった。

私が所属したのは宣伝制作課と言って、男子四名、女子三名。仕事内容は編集と販売の中間に位置するものだった。編集サイドから雑誌や単行本の説明を受けたり資料をもらったりして、新聞や雑誌などに掲載される広告を作る。「コピーライター募集」とあったのだけれど、実際には広告デザインもやらされた。というより、むしろ、デザイン作業のほうが多かった。新聞広告、車内吊りポスター、チラシ、書店向けPR誌など。

さまざまな書体と大きさの活字見本帳、定規、ズッシリとしたカラー・チャート帳、確かトレスコープと言ったと思うが、画像を拡大縮小して見ることができる機械などを使って広告作りをするのは、けっこう新鮮な面白さだった。

隣りの席には私より二歳年下で女子美の短大卒の上田富子さんという、スラリと細長いキュートな女子がいて、すぐに仲よくなった。そこに隣りの海外開発室とか何とかいう部署の牧野由里子さんという、ショートカットのクール・ビューティーがフラリとやって来て、名乗る前に、いきなり私が着ていたシャツ・ブラウスの衿をつまみ、「ロペね」と言ったのがおかしく、やっぱりすぐに打ちとけた（ロペというのは、当時、若い女子に人気のブランド）。彼女は同い歳の慶応仏文科卒だが、事務的な仕事につかされてウンザリしている様子だった。

さて。入社して、ほんの数日後だったと思う。平凡出版から大々的に新雑誌『アンアン』が創刊された。私はすぐに買って読んで「ああーっ」と深い溜息をついた。

画期的な女性誌だった。ファッション中心の雑誌であるにもかかわらず、「作り方のページ」がない。既製服（あるいは特注の服）ばかりで構成されたファッション誌で、写真も動的で、新鮮な魅力にあふれているのだった（のちに知ったところによると、創刊してしばらくは特注、その後、既製服に）。

それまでのファッション誌――たとえば『装苑』（文化出版局。私が就職試験の最終選考で落ちたところ）や『服装』（婦人生活社）では、必ず巻末に「作り方のページ」というのがあって、自分で作ったり、仕立て屋に頼んだりしていた。それまでは服を見せるというのが主眼だったので、どうしても写真は服の細部までわかるように、スタジオ内での静的というかスタティックなポーズだったのが、『アンアン』では服の細部を見せることよりも、その服を着たときの魅力をストレートに見せるために動的なポーズであったり、コーディネートの面白さもあったり、背景がらみの生き生きとした写真ばかりなのだった。

ビジュアルばかりではなく、添えられた見出しや本文なども画期的だった。同じ世代のとびきりオシャレで、元気で、ちょっとナマイキな子が、いわゆる「タメグチ」でしゃべっているような。

「ああ、あの時、思い切って応募していたらなあ！　うーん……でも、何の売りもない私、やっぱり、採用にはならなかっただろうけれど」と、『平凡パンチ　女性版』での募集をアッサリあきらめた自分を情なく思った。私は結構、小心者なのだった。

「トムの店」と小島素治さん

そんなこともありながら、主婦の友社でそこそこ愉しいＯＬ生活を送っていた。同じ宣伝制作課のナンバー2にあたるカメダさんは当時三十代後半だったろうか。もともと編集畑だったのが、(たぶん)組合運動をしていたあおりで宣伝制作課に、いわゆる左遷されていたようだった。マジメぶっている割には賭けごと大好き。課の男四人は揃って競馬好きだったが、カメダさんは競馬だけでなくマージャンも好きだった。私と同じ早稲田の政経学部卒ということもあってか、ずいぶんとヒイキしてもらった。

主婦の友社の向かい側には山の上ホテルがあり、その裏がわの路地に「トムの店」という喫茶店があった。私は同じ課の上田富子さん、そして隣りの課の牧野由里子さんと三人で、昼食後、ほぼ毎日のように「トムの店」に行っていた。小ぢんまりとした店で、入口の脇にデビッド・ハミルトンのセミ・ヌード写真が飾られていた(陽光の下、木の樽の中で金髪美少女が湯あみしているところ。全体に淡い金色を帯びた写真)。

右手の少し突き出した棚にビートルズのジョン・レノンと白いミニドレスを着た小野洋子がスッと立っている、あの有名な写真が飾られていた。さらにアメリカ・マンガのチャーリー・ブラウンが主人公の『ピーナッツ』数冊と、『季刊ＳＵＢ《サブ》 特集 ヒッピー・ラディカル・エレガンス〈花と革命〉１９７０創刊号』というのがあった。

『季刊ＳＵＢ』はマスターの立命館大学時代からの親友・小島素治さんが単独編集した雑誌だという。小島さんは地元・京都から時どき東京に来て、「トムの店」の二階で寝泊りすることもあったようだ。小島さんは腰まで届きそうな長髪で、丸いフチナシ・メガネをかけていて、まったくジョン・レノンそっくり。気取りなくサワヤカな人だった。

上田さんはビートルズの熱心なファンだった。私たちは「トムの店」の気に入りの席で、レコードに添えられた歌詞を見ながら、日本語に訳すという遊びをしたり、『季刊ＳＵＢ』を読んだり。自然とマスターとも親しくなった。

夏休み。マスターが車で京都に帰郷するというので、私たち三人もその車に同乗して京都旅行しようということになった。

上田さんはイラストレーター志望。マスターが「車に絵を描いて」というので、上田さん、牧野さん、私の三人は調子に乗って蛍光ピンクと蛍光グリーンのスプレーで、たくさんの星を描いてしまい、とんでもなくハデな車にしてしまった。私の心には「取りかえしがつかないとは、このことだ」と後悔の念がかすめたが、マスターからは特にオトガメの言葉はなかった。

京都では小島さんが待っていて、お寺を案内してくれた。ジョン・レノン風の小島さんは京都でも異彩を放っていた。一介のＯＬである私は、俄然、自分も流行最先端の人になったかのようで晴れがましかった。

小島さんは、さすが京都人らしく古寺にも詳しかった。どの寺だったか忘れたが、私が寺の庭先の垣に見入っていたら、「これ、光悦垣《こうえつがき》っていうんだよ……」と教えてくれた。昼食をと案内されたのが古風なソバ屋だったのは意表をつかれた。

その後、「トムの店」で小島さんと会ったのは、一、二回くらいだったと思う。私も、じきに主婦の友社を退職してしまったので、「トムの店」に寄ることもなくなっていた。

あれは、たぶん、八〇年代初めだったのではないか？　地下鉄の赤坂見附駅のキップ売場で小島さんとバッタリ出会って、少しばかり立ち話をした。小島さんは『ドレッサージ』というリトル・マガジンを発行しているということ、御自分の家だったか友人の家だったか忘れたが、その家が村上春樹原作の映画『風の歌を聴け』のロケ地となったということ――おぼえているのはそのくらい。ちょっと疲れているのかなあ、とも感じた。

それから歳月はザッと三十年（！）くらい流れて。ある日、雑誌『クイック・ジャパン』で連載しているライターの北沢夏音さんから電話がかかって来た。「中野さんが中央公論新社から出版された『お洋服クロニクル』に〝Ｋさん〟として書かれている男の人は小島素治さんではないですか？」と。

北沢さんは一九六二年生まれだが、六〇年代〜七〇年代に興味を持っていて、古本屋めぐりをしている中で小島さんが編集・監修していた『季刊ＳＵＢ　特集　ヒッピー・ラディカル・エレガンス〈花と革命〉１９７０創刊号』に出会い、一大衝撃を受けたというのだ。九〇年か九一年頃のこと。それで、七〇年代初頭の、もはや伝説的なリトル・マガジン『ＳＵＢ』と小島さんについて調べ抜き、病魔に侵されていた小島さんとも会って、直接、つぶさに話を聞くこともできたのだったが……小島さんは二〇〇四年にガンで急逝。

当然のごとく北沢さんは大ショックを受ける。それでも『クイック・ジャパン』の連載を丹念に書き続け、二〇一一年に本の雑誌社から『Ｇｅｔ　ｂａｃｋ、ＳＵＢ！――あるリトル・マガジンの魂』として出版した。厚さ約3・5センチというズシリと重い大著。読んでみて、私は溜息をついた。「エッ?! あの小島さん、スゴイ! カッコイイ! もっと会いたかったなあ、話したかったなあ!」と悔やんだ。

「トムの店」の近くには『ガロ』を発行している青林堂があった。林静一さんとすれ違った時は、ファンだったので嬉しかった。この一九七〇年より少しあとだと思うが、青林堂になにか用事があって行ったら、ちょっと変わった輪郭の顔の男子がいた。のちの南伸坊さんなのだった。私の大学時代からの友人、呉智英《くれともふさ》(思想家・マンガ評論家)も青林堂に出没していた。「思想家」をめざして就職はせず、ビルの夜警のアルバイトをしていた。主婦の友社近くの喫茶店で会ったり、マージャンをした記憶あり。

学生街の喫茶店

主婦の友社のすぐそばには中央大学、明治大学、日本大学などがあった。神保町の古本屋街がすぐそばで、まさに学生街なのだった。

世界的に若者たちの反乱があった時代で、一九六八年にパリのカルチェ・ラタンで起きた、いわゆる「五月革命」にちなんで、おもに中央大の過激派が「神田をカルチェ・ラタンに。解放区に」と呼びかけ、お茶の水の各大学が呼応して激しいデモを展開していた。私が入社した時もまだその名残りはあった——というより過激化、尖鋭化していた。舗道の敷石をはがして機動隊に投石したり乱闘したりするので、規模の大きいデモの時は会社の玄関脇のガラスのドアにシャッターをおろしていた。そのシャッターに石や学生の体がガンガンぶつかる音がした。自分を左翼と思いたがっていた私としては心おだやかではなかった。

古くからの学生街だからか、近辺には喫茶店がたくさんあった。私は大学時代から喫茶店病を発症していたので、この環境は嬉しかった。御茶ノ水駅そばの『ミロ』『ジロー』、名前は忘れたが路地奥のジャズ喫茶、神保町にあった老舗『きゃんどる』『ミロンガ』『さぼうる』『ラドリオ』……その多くは今でも残っている。

特に懐かしいのが『ミロ』で、私が主婦の友社にいた時も、すでにいささか古びていた。長い間、おばあさんとおばさんと猫という布陣だったけれど、おばあさんが姿を消し、おばさんがおばあさんになり……。噂では日本赤軍リーダーの重信房子《しげのぶふさこ》もよくこの店を訪れていたという。

今は姿を消してしまったようだが、洋菓子と喫茶の店『エスワイル』も大好きだった。清潔な店内に白い大きな帽子に白い制服を着た外国人と、同じ服装の日本人の写真が飾ってあった。たぶんＳ・ワイルという名の有名菓子職人が関係している店だったのだろう。

私たちの課では、みんなでお金を出しあって、三時のおやつを調達していた。私と上田さんがおやつ係で、たいていすぐそばのパンと菓子の店（店主は小柄でやさしいオジサン、おだやかな江戸っ子弁で私は大好きだった）で調達するのだが、たまには、『エスワイル』のケーキ、その近くの『さゝま』の和菓子を奮発していたのだった。

この年だったろうか、校正を担当していた私より数歳年長の女の人が辞めた。課長が「明日から、新しい校正担当のサカモトさんが来ます。女の人です。四十八歳」と言うので、エッ!!　と驚き、上田さんともども、どんなオバチャンがやって来るのかと思ったら……とても四十八歳には見えない、若々しく、明るく、キレイな人だったのでビックリ。私たちはすぐにサカモトさんになついてしまった。

サカモトさんは早くに結婚して某大企業社員の奥さんとしておさまっていたのだけれど、御主人が体をこわし、「それじゃあ私が」とばかりエディター・スクールで校正を学び、成績優秀で主婦の友社の私たちの課に推薦されたのだった。つまりサカモトさんは四十八歳にして、初めてのオツトメ。

それから今に至るまで、私と上田さんにとって、サカモトさんは心の師。九十歳を過ぎた今でもキレイで、茶目っ気があって、辛辣だったりもして……嬉しい。励まされる。

同じ課の上田さんはイラストレーターを目ざしていたけれど音楽も好きで、たまにいっしょにディスコ（この頃からディスコティックを略してディスコという呼称が定着し始めたのでは？）に行くと、上田さんは細長い体を絶妙にくねらせ、ステップを踏む。そばにいた子たちが「おおー」と見とれて、自然と周囲に空間ができるほど。私はひとごとながら誇らしかった。

上田さんも私も越路《こしじ》吹雪《ふぶき》のファンだった。浅利慶太の演出による日生劇場でのリサイタルが評判になっていて、当時最もチケット入手困難と言われていたのだけれど、幸運なことにサカモトさんの前任者が強力なコネを持っていて、チケットが取れた。私は会社のロッカーに一番上等の服を吊るしておいて、仕事が終わるとすぐにその服に着替え、上田さんともども日生劇場へ。

歌舞伎もちょこちょこ観に行っていた。成駒屋《なりこまや》（六代目・中村歌《うた》右《え》衛門《もん》）が大好きだったからだ。確か大学時代の後半からだったと思う。骨のないような、軟体動物のような、妖しい姿かたちと細い声に魅せられた。決してお安くはない入場料を払えるのもお勤め生活のおかげなのだった。

その頃の主婦の友社は家族的で、昼食は基本的にビル内の社員食堂で食べるのだった。お偉いさんから下っぱまで。給料が底をついて来た頃は、気に入らないメニューでも社員食堂でガマンした。

若手の編集部員は年一回、いっせいに国語（読み書き）のテストを受けるというならわしがあった。宣伝制作課の私と上田さんも受けさせられた。マグレと思うのだけれど、私の成績は結構よかった。

それもあってか、内々に某編集部から上司の人に引き抜きの話があったらしい。私を編集部に欲しい、と。もちろん上司は断ったと。

その話、いったい誰が私に話してくれたのか。今ではまったく思い出せない。もしかすると、ただの噂にすぎなかったのかもしれない。それでも、その話は私の心に波紋を投げかけた。そうか、やっぱり編集か、雑誌作りか。私、子どもの頃からワラバン紙をとじて、雑誌（のようなもの）を作ってたりしたものなあ。仕事は仕事、趣味は趣味——と割り切ったほうがスマートのような気もしていたのだけれど、それはもしかすると負け惜しみ的な逃げだったのかもしれない……。まったくもうっ！　いったい私がほんとうにやりたいことって、何なんだろう！

この年だったか、それとも前年だったか、隣りの課にいた牧野さんが資生堂宣伝部の臨時採用試験を受けて、合格。（当時はその名称は一般的ではなかったが）スタイリストになった。おもにＰＲ誌『花椿』を担当していたようだ。オシャレな牧野さんは、まさに「水を得た魚」。たぶん、私、それも羨ましかったんだろうなあ。仕事は仕事と割り切っていたつもりだったが、実は私、そうでもなかったのかもしれないなあ。私の本心はやっぱり雑誌作りのほうにあるのかもしれないなあ……と思うようになったような気がする。

ミシマの自決

血圧低めのせいか寝起きが悪いのに、朝はがんばって起きて（というか母に起こされて、朝食もシッカリとって)、満員電車で痴漢にあわないよう神経をすり減らし、夜は残業につぐ残業。そのせいか、OL生活二年半の間に三回、失神（というのは大げさだが）してしまった。満員電車の中で二度ほど軽めの貧血。ビシッと立っていられなくて、うずくまる。プラットホームのイスで数分休んだら、おさまったが。

もう一件は、まさに失神。朝食を食べて、歩いて駅に向かう途中、いきなり気を失なってガードレールのそばに倒れてしまった。すぐにそばの会社の人が気づいて、介抱してくれ、「お家は？　電話は？」と聞くので、息もタエダエに（？）番号を言って、数分後、兄が車で救出にやって来た。

失神なんて初めてのことだった。知らず知らず無理を重ねていたんだなあ、と。夜型人間が懸命に朝型人間として頑張ってきた、その無理がたたったんだ……と（しかし、今にして思えば、当時ハヤリの、きつく編み上げたロングブーツのせいだったのかもしれない……）。

この一九七〇年の十一月二十五日。職場に大学時代からの友人・土屋氏から電話がかかって来て「大変だよ、三島由紀夫と楯の会が市ヶ谷の自衛隊駐屯地に乱入したらしいんだ。(同僚の)石井君は市ヶ谷に飛んで行った」と言う（二人の職場は神楽坂にあったから、市ヶ谷は近いのだった)。私はエーッ?!　と驚き、激しく胸が波立ち、ジッとしていられず、フラフラと屋上へと向かった。とりあえず一人になりたかった。

すでに社内はザワついていた。TVの前に社員たちが群らがっていた。私はそれを横目に見て、無人の屋上に行って、市ヶ谷方面を呆然とみつめていた。

三島由紀夫（当時四十五歳）と「楯の会」の森田必勝（二十五歳。二浪して早大教育学部へ。私の在学中とわずかに重なる。当時、左翼だった私が忌み嫌っていた右翼の国防部だったという）が切腹。楯の会メンバーが介錯したという。

三島と「楯の会」は以前からメディアで派手に報道されていたけれど、トリックスターとしての三島の、一種の酔興とか挑発のように私は思っていたので、「エーッ、本気だったんだ」という驚きが一番強かったと思う。夜になって土屋氏と会って、えんえんとしゃべり合った。

帰りがけに各紙の夕刊を買い込んだ。それは今でも古い革カバンに保存してある。ごくたまに、その新聞の束を広げると、いまだに妖気が漂うような気がする。

話は前後するが……。七〇年万国博覧会が華々しくオープンした、この年の早春。赤軍派の学生たち数名による、日本で初めてのハイジャック事件が起きた。

羽田から福岡を目ざしていた日航の国内便（通称・よど号）を武器（日本刀や拳銃、爆弾など）を持った赤軍派（リーダーは田宮高麿）が乗っ取り、日本・韓国・北朝鮮の三国のトップを巻き込む大騒動のあげく、北朝鮮・平壌への亡命を成功させたのだった。

——という話を書いても今の若い人たち（というより全共闘世代以降の人たち）は、

「エッ?! よりにもよって北朝鮮?! バカじゃないの?」としか受けとめないだろう。犯行グループと同世代の私だって、もはや「あれは壮大な悲喜劇だった」としか思えないのだから。

当時の北朝鮮は米・ソ・中の熾烈な覇権争いの構図の中で、金日成が独裁体制を強めていた。今では想像しづらいことだが、北朝鮮は成功した社会主義国というイメージが少なからずあったのだ。そんな中で赤軍派は、「日本帝国主義」を打倒するための軍事拠点にするべく北朝鮮へと渡ったのだった。赤軍派は出発時に「われわれは、あしたのジョーである」うんぬんという声明文を残していった。

『あしたのジョー』は六八年から七三年まで『週刊少年マガジン』(講談社)に連載された超人気マンガ。原作は高森朝雄(梶原一騎《かじわらいっき》)、作画はちばてつや。私が親しくしていた男友だちはみんな読んでいた。私も、読んでいた。主人公のジョーのライバル・力石徹が(ストーリーの中で)死んだ時は、講談社の講堂で盛大な葬儀が行われた。寺山修司の発案だったらしい。とにかく、そのくらい人気があったのだ。『週刊読売』にいた知人が葬儀に行ったのが、うらやましかったのをおぼえている。

現在、田宮をはじめメンバー五人は死亡。北朝鮮には四人が残っている。「あしたのジョー」も今や老境。帰るに帰れない日本。その望郷の思いは、いかに?

上田さんといっしょに、あるいは一人で、映画を観るのが救いになっていた。『イージー・ライダー』や『明日に向って撃て！』やツィッギー主演の『ボーイフレンド』など。六〇年代末からアメリカ映画はアメリカン・ニューシネマと呼ばれ、『俺たちに明日はない』『卒業』『ワイルドバンチ』など反体制的な映画がヒットしていた。私が『イージー・ライダー』を観たのはたぶん七〇年か七一年だったと思う。

　この頃、大学時代のクラスメートだった女子のSさんともども注目して追っ駆けぽく出演作品を観ていたのがヘルムート・バーガー。ルキノ・ヴィスコンティ監督の『地獄に堕ちた勇者ども』（六九年。マレーネ・ディートリッヒ風の女装で歌い踊る姿に目を見張る）で注目、『ドリアン・グレイ／美しき肖像』（七〇年）、『雨のエトランゼ』（七一年）、『悲しみの青春』（七一年）……と追い駆けて観ていた。

　イタリア映画のヴィスコンティとフェリーニ。両巨頭が健在で大いに楽しませてくれていたわけだが……私はどちらかというとフェリーニ監督作品のほうが好み。グッと庶民的で笑いを含んでいるから。面白い顔の人物がゾロゾロ出て来るんですよね。由利徹とか益《ます》田《だ》喜頓《きいとん》とか（古いね、私も）に似た人物が、ひょっこりと。

　この年ではなく数年後に観た記録映画『フェリーニの道化師』には、しんそこ感動した。白塗りの道化師たちの幻想的な美しさ。

1971

ルートヴィヒへの憧れ

大学時代、「早大闘争」の中で知り合ったＡ氏（私より一、二学年上）が近くの出版社の編集者になっていた。当時いくつかの出版社で激しい争議があり、Ａさんはその支援活動もしていた。卒業後すぐにだと思うが、私も知っている先輩女性と結婚し、もう子どもも生まれていたと思う。

私はその私生活や思想的活動ぶりについてはほとんど知らず、Ａさんとはもっぱら本や映画の話をしていた。好みが似ていたので。そういう意味で信頼していたと思う。そのうちに主婦の友社のすぐそばの小さな会社でも争議があり、ストライキを決行中だった。私はＡさんに誘われるがままにその争議を支援することになった。

ある日、スト支援の小規模なデモに参加していたら、そのスト中の出版社の編集者で運動の中核にいたＭさん（確か私と同じ歳の男の人）が路上でスト破り派に取り囲まれ、

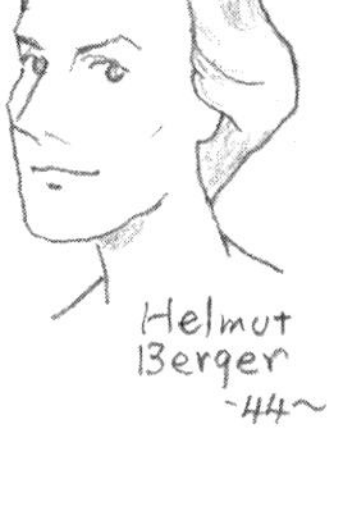

「この生っ白い野郎が！」などと罵声を浴び、袋叩きにあった。私は怒りと恐怖でいっぱいになったけれど、結局、何もできずオロオロするばかり。

そんな後ろめたさもあったのだろう。Ａさんに誘われるがままに、ＡさんやＭさんたちの集会（数名程度）に参加するようになった。Ａさんの指示で、会社が始まる前に近くの公園に集まって打ちあわせをしたり、争議中の会社近くに私服警官が来ているかどうかをチェックするためのレポート役として、見張りに立ったり。

最初のうちは、いささかスリルを愉しんでいたような気もするのだけれど、じきに何だか自分を偽っているような気がして来た。たんに自分を左翼と思いたいがために、あるいは自分を「一介のＯＬ」と思いたくないがために、実のところたいして関心のない争議に首を突っ込んでいるんじゃないのか？……という疑問が湧いて来てしまい、そんな自分を正当化する理屈も思い浮かばず。さらにＡさんからの指示は過激化していって……。とりあえず逃げ出したい、逃げ出して少し頭を冷やしたい……という心境に。

その頃、資生堂のＰＲ誌『花椿』で、澁澤龍彦が人物エッセーを連載していた（もしかすると単発だったのかもしれないのだが）。それでドイツ（旧バイエルン）の「狂王」あるいは「メルヘン王」と呼ばれたルートヴィヒ二世のことを知った。

十九世紀後半（日本で言えば明治の初め頃）、ルートヴィヒ二世はゲルマン神話や騎士伝説に憧れ、音楽、美術、建築に自分の夢の世界を実現するべく、途方もない散財をした。

作曲家ワーグナーのパトロンとなり、純白のノイシュヴァンシュタイン城（＝新白鳥城ね）やヴェルサイユ宮殿風の城などの建設に熱中した。そのため家臣によって廃位させられ、小さな城に移されたが、その翌日、医師と共に湖で死体となって発見された……という大奇人。

たしか澁澤龍彦のエッセーでは、ルートヴィヒはその城を夜な夜なさまよっていた――という記述があったと思う。

私は、このスケールが大きく、過剰にロマンティックな狂王に興味津々となった。ルートヴィヒ二世の肖像画も、ノイシュヴァンシュタイン城の写真も、私のヨーロッパへの憧れを激しくかき立てた。実は若き日のルートヴィヒは「怜悧な貴公子」という言葉がピッタリな風貌。やがて肥満ぎみのオッサン然とした姿になるのだが……私はその事実は完全無視。若き日の姿にしか興味がなかった。

折も折とて、ルキノ・ヴィスコンティ監督がヘルムート・バーガー主演でルートヴィヒ二世の話を映画化しようとしているという情報をキャッチ。なるほどー、ヴィスコンティ好みの話だよね……とわくわく。

ヘルムート・バーガーは、プライベートではヴィスコンティの愛人だった。だから、ヴィスコンティが七六年に亡くなってからは「ヴィスコンティの未亡人」と言われた。『ゴッドファーザーPARTⅢ』（九〇年）にハゲカツラ（もしかして自前？）で登場した時は啞然。『サンローラン』（二〇一四年）では見る影もなかったが……。私生活では完全に開き直っていて、いわゆる「オネエキャラ」全開で、いっそ、すがすがしいと言えるほど。私にとって、今や、長生きしてほしいスターの一人です。

サヨクの迷走

ところで、この年の二月、栃木県真岡市の銃砲店に「過激派」六人が乱入して猟銃十丁、空気銃一丁、銃弾約二三〇〇発を強奪するという事件が起きていた。

やがて二名が逮捕されたのだが、私にとっては、この事件は衝撃的だった。左派勢力の中にもついに武装化するグループが……と。私の日常、日本という国の実態からどんどん離れて、一発勝負的な、あまりにも単純な方向へとはずれてゆくような感じがした。と、同時に、「革命」というものは実際、単純で尖鋭な行動によってしか実現できないものかもしれないとも思い、そういう行動を怖れてしまう私は、根本的には保守的な人間なのだろうか？……と自分を疑う気持もかすめるのだった。

真岡の銃砲店で奪われた銃弾は、連合赤軍に渡り、翌年の、いわゆる「あさま山荘事件」で使用されることになったのだった。

十二月十八日。豊島区雑司が谷にあった土田國保・警視庁警務部長の自宅に郵便小包に偽装した爆弾が届き、土田氏の奥さんが死亡、子ども一人が重傷を負った。さらにその六日後の二十四日、つまりクリスマス・イブ。新宿三丁目の警察派出所近くでクリスマスツリーに偽装された時限爆弾が爆発し、警察官二人と通行人七人が重軽傷を負った。

この二年前からピース缶を使った爆破事件があいついでいた。六九年十月に起きた新宿区の警視庁機動隊庁舎を狙った爆弾未遂事件（不発で犠牲者なし）。同年十一月に起きたアメリカ文化センター爆弾事件（職員一人負傷）。七一年十月に起きた日石本館地下郵便局爆破事件（局員一人重傷）。

要するに若者たちの反体制運動は広汎な支持を失ってゆくにつれ、テロ化、陰湿化、尖鋭化していったのだった。そんなＴＶニュースを家族で観ている時の私の胸中は、複雑だった。いったい、どこをどうまちがえて、こうなったんだ……!!　いちおう戦争を体験している両親の前で、何だか恥ずかしいような気もした（同世代左翼の甘さを見せつけられているようで?!）。

1972

あさま山荘事件

あさま山荘事件と言うのは、この年の二月十九日から二十八日にかけて、長野県軽井沢にある保養所「浅間山荘」に連合赤軍が山荘管理人（女性）を人質にして立てこもり、警視庁および長野県警察の機動隊が山荘を包囲して人質を救出した事件で、両者の攻防は連日、ＴＶで生中継された。

私は「おつとめ」があるから平日の昼間には観られず、夜のニュース番組で観ていたわけだが……八割がた、人質側、そして機動隊側に感情移入している自分に驚いた。

真岡の銃砲店で盗んだ銃が使われ、銃撃戦になったり、それによって機動隊員の中にも死者（三人）や負傷者（二十数名。片目を失明した人も）が出たり。立てこもり犯たちの親が駆けつけて来て涙ながらの説得にあたったり……まあ、四十五年以上経った今でも、あれほどの大規模な事件は珍しい（しかもＴＶで生中継）と思う。なおかつ「犯人」たちは同世代。

それでも私が、より強い衝撃を受けたのは、あさま山荘事件で逮捕されたメンバーたちの自供によって明かされることになった、いわゆる「山岳ベース事件」のほうだった。

あさま山荘事件以前に連合赤軍は山中に「山岳ベース」と呼ばれる小屋を建てて潜伏していたのだが、そこで「総括」という言葉のもとに、同志十二人を虐殺していたのだった。

世俗から閉ざされた山小屋の中で、リーダーの森恒夫《もりつねお》、それに同調する永田《ながた》洋子《ひろこ》、坂口弘が同志たちに思想の純粋性や忠誠を強い、自己反省（総括という言葉が使われた）を強要し、それが不十分だと判断すると、暴力をふるったり、食事を与えなかったり、極寒の屋外に縛りつけた状態で放置したり、アイスピックで刺したり、首を絞めたり。その結果、同志十二人が死亡。

理性も知性も何もない。閉鎖的な空間で、イデオロギーの純粋化、いや、絶対化がはかられたのだ。あまりにもいじましく、残酷な権力欲。そして保身術。父親世代の戦争体験の中でだって、こんなに無益で残酷な同志殺しはなかっただろう。

同じ世代の者として、また、反体制意識を持って来た者として恥ずかしい——と感じた。

その後。リーダーの森恒夫は逮捕された翌年（一九七三年）、東京拘置所で首吊り自殺。永田洋子は脳腫瘍の手術後、六十五歳で獄死（二〇一一年）。坂口弘は死刑囚として東京拘置所に収監されていて、短歌を作ることによって自分をみつめ続けている。

いざヨーロッパへ

おつとめ生活も二年を過ぎて、マンネリ気分になったのだろうか。毎朝、満員電車に乗って、ぼんやりと窓の外を見ていると、線路のわきに褐色の石ころがゴロゴロと敷き詰められている。毎朝毎朝、それを目にしているのだ。やがて、私の頭の中にもまた褐色の石ころがギッシリ――というイメージが湧いて来てしまった。

職場の人たちにはまったく不満はなかったし、給料もボーナスも悪くなかったのだけれど、「規則正しい生活ぶり」というのが、私には向いていないような気がしてならないのだった。

何か、パアーッと、目が醒めるような冒険をしたかった。見知らぬ土地をさまよって、私はいったい何者なのか、何ができなくて何ができるのか、ほんとうのところ私がやりたいことって何なのか――じっくり考えたかった。そんなことは、日々の生活の中ででもできるはずなのに、私は目先のあれこれで、何となく、ほんとうに何となく、気がまぎれてしまい、じっくりと考えられないのだった。

思い切って会社を辞め、貯金をはたいて外国を放浪することにした。七月には二十六歳になる。人生の線路を切り換えるのは今のうちだ……と思うようになった。帰国後のアテはなかったけれど、「そのうちなんとかなるだろう～」（by植木等）と楽観。放浪先はドイツ（ルートヴィヒ二世のノイシュヴァンシュタイン城を観るのだ！）を中心にヨーロッパ。そう決めたら、わくわくして来た。ひそかにドイツ語教室に通い始めた。

どういう経緯だったか忘れてしまったが、大学時代からの女友だちのMさんに、ふとその計画をもらしたら、「ウチの弟のナオジも夏休みにヨーロッパ一人旅をしたいって言っているよ」と言う。当時、ナオジ君は東大の理学部の確か大学院生になっていたと思う。

一人旅のつもりだったけれど、「男の子がいっしょだと何かと心強いかな、いっしょにいるのは一ヵ月だけで、私はベルリンに残って旅費が尽きるまでいるつもりなんだし」と思って、ナオジ君に会ってみた。

見るからにマジメな、いい子だった。彼のほうも私をいい人と思ったらしい。トントン拍子にヨーロッパ旅行計画が進行していった。

あれは何月のことだったろう。七月？　とにかく夏のボーナスをちゃっかりもらって、会社を辞めた。上司二人、特にカメダさんにとっては衝撃だったようだ。だいぶ引き止められた。両親もビックリしたようだけど、私の性格を知っているので、溜息をつくばかり。

というわけで、八月の初めだったと思うが、私とナオジ君はヨーロッパへと旅立った。武骨なアエロフロートに乗って。

ちょうどナオジ君の姉であるMさんがモスクワに出張中だったので、そこで会って一、二泊し、それからまた飛行機でドイツのベルリンへ。そこにはナオジ君のお兄さんの知り合いのSさん一家が住んでいて、何かと相談に乗ってくれるという話なのだった。

二人でSさん宅を訪ねると、歓待してくれたのはいいけれど、手配してくれたホテル（一泊の予定）に行ってビックリ。とても素敵な庭もあるプチ・ホテルだったのだが、どうやらSさんは私とナオジ君を恋人同士と思い込んでいたらしい。大きなダブルベッド（二人くらいゆったり寝られるサイズ）の部屋だった……。

ここでガタガタ騒ぐのもカッコ悪いな、と思って、私はサッサと床についた。ナオジ君の人柄を信じて。

疲れていたのだろう。私はすぐに眠ってしまった。翌朝、ナオジ君は「あんまり眠れなかった」とウラミがましく呟いていたけれど、二晩目には熟睡。「もう大丈夫だ！」とキゲンがよかった。

大きなトランクはそのホテルにキープしてもらって、中型のバッグに必要最低限の荷物を入れて、ヨーロッパ列車旅に（ユーレイルパスという安価な割引パスを使用）。スイス通過中、窓の外は想像通り。緑の芝に羊さんもいます、お馬さんもいます、雪をいただく山々も……というわけで、私はウットリ。旅情にひたりまくっていたのだが……。

向かいの席で何やらメモをしていたナオジ君が、黒ブチメガネをずりあげながら、「中野さん！　この列車、×秒おきにゴトッていうんですよね、それで計算してみたんだけど、ムニャムニャムニャ（↑難解な説明あり）だから、時速××キロっていうことになって、日本の新幹線に比べるとムニャムニャムニャなんですよね！」

などと言うので、私は「あっ、そう」と答えつつ、イラッ。どうでもいいじゃないか、そんなこと。それよりこの『サウンド・オブ・ミュージック』的な風景を、ヨーロッパの心を、そして旅情を、なぜかみしめてくれないんだ?!　と、早くも違和感が。

はい、スイスからイタリアのミラノに着きました。美術館を中心に街歩きをしていて、私は背後のゴロゴロにイラ立つようになっていた。ナオジ君はキャスターつきのトランクを引きずりながら歩いていて、私がヴィスコンティ映画を眼前の風景に重ねつつ、デラシネ（根無し草）気分にひたろうとしていると、背後からゴロゴロが聞こえてきて、イマイチ酔い切れないのだった……。

　そんな調子でフランスのマルセイユを経て、スペインに入り、一人旅のN君と会ったのはスペインのマドリッドだったろうか。いっしょにグラナダのアルハンブラ宮殿を見ることになった。男子二人は気が合って、いそいそと食料調達や時刻表チェックをしてくれた。アルハンブラ宮殿の異国情緒は胸にしみるものだった。旅情たっぷり。さらにパリへ。そこでN君と別れ、私とナオジ君はノルウェーのオスロへ。そこでナオジ君のお姉さんのMさんと合流、フィヨルド見物をして、別れた。ナオジ君たちは日本へ、私はドイツのベルリンへ。ようやく一人に。さすがにちょっと心細くなった。

　ベルリンのペンションはゆったりとして清潔で気持よかったけれど、カギの複雑さには閉口した。玄関用と部屋用と二つのカギを使うのだけれど、やけに頑丈で複雑で。

　ペンションのマダムはバカンスでフランスに行っていて、知り合いだという中年夫婦が管理していた。そのオジサンは明るく冗談好きで楽しい人だった。ある日、その夫婦が

「ザウナに行こう」と言うので（サウナらしかった）、その娘（当時十三歳）の水着を借りて行ったら、夫婦とも全裸になったのでビックリした、のもつかのま、ドドーッと全裸の若い男女数名（高校生くらい？）が姿をあらわしたりして。室外のテラス状のところで、全裸の中年夫婦と向き合って軽食をとったりしたのだけれど、妙な気分だった。ナントカ湖という所に連れて行ってもらった時も、対岸はヌーディスト専用と言っていた。ドイツ人は、短い夏の中で精一杯、太陽を浴びるのが健康によいと信じているようだった。

　数日後、そのペンションにトランクを置いて、ショルダーバッグ一つで、いよいよ単身、南ドイツへ。ノイシュヴァンシュタイン城をめざす。今でこそ超有名になっているけれど、当時はまだ、そんなに詰めかける人もいなかった。丘の上にその城はあった。ふもとから観光用のクラシックな馬車が出ており、奮発してその馬車に乗った。ノイシュヴァンシュタイン城に入ると、客はチラホラだった。懸命にルートヴィヒ二世の姿を城のあちこちに重ね合わせてみたけれど……うーん、頭で想像していた時のほうが、リアルな感じだった。

　ベルリン滞在中は東ベルリンにも三回ほど行った。マルクが、確か三倍くらいになるので、もっぱらケーキを食べに。ビルには銃弾のあとが残っているという時代だった。

　とまあ、そんなふうにドイツ国内をさまよってみたのだが、すでに季節は冬の感じになっていて、セーター＋パンタロン、黒のロング・コート（森英恵《もりはなえ》のＶＩＶＩＤ）といういでたち。

　ヘタなドイツ語＋英語で会話するのも、いいかげん疲れていた。お金も少なくなっていた。潮時だな、とアッサリ帰国。結局三ヵ月ほどの旅となった。体重が三、四キロ増えていたのにはビックリ。

1973

職安にて

ふと思い出したのだが、一九七一年前後、黒柳徹子さんが資生堂のPR誌『花椿』に、ニューヨーク留学することにしたというエッセーを書いていた。その中で留学する動機を、確か、「鉄道のレールを切り替えるように、人生のレールを切り替えてみたかったのだ」というふうに表現していた。

私も、そんな気持に駆りたてられて、あんまり後先考えずに会社を辞め、ヨーロッパをふらついたわけだが……べつだんコレと言って画期的な心境の変化があったわけでもなかった。それでも、オットメはもうイヤだ、フリーランスで、雑誌業界で働きたい——という気持だけは固まったようだった。強引なレールの切り替え、私なんかにほんとうにできるものなのかどうか……。

『キネマ旬報』で知ったのだと思うけれど、京橋のフィルムセンターで一九三〇年代ヨーロッパ映画の回顧上映があるというので、さっそく観に行った。確か日替わりで一ヵ月くらいの上映。料金はいくらだったかな？　とにかく異常に安かった。すべての作品ではなく「ほぼ」だけれど、通って観た。

その中で決定的に心を動かされたのは、フランス映画『どん底』（三六年）のルイ・ジューヴェ。立派な邸のあるじだったのにギャンブルで全財産を失い、泥棒に入ったジャン・ギャバンと妙に気が合い、共に安宿で暮らすようになる「男爵」を演じた。どこか妙な顔立ちのルイ・ジューヴェに私の目はクギヅケ。ギャンブルで破産して、ギョロリとした目を光らせ、タバコに火をつけ、唇のはしにはさむシーンに、シビレた。若くもなかったし、ハンサムでもなかったのに。いったい何がどう私をシビレさせたのだろう？　うーん……うまく説明できないが、何だか、その存在自体を奇妙な詩のように感じたような気がする。

家に帰ってさっそく鏡に向かって、そのシーンのマネをした。家で着ていた黒いセーターの胸に白い毛糸でL・Jという刺繡までして。追い駆けてルイ・ジューヴェ出演映画――『女だけの都』（三五年）、『旅路の果て』（三六年）、『舞踏会の手帖』（三七年）も観た。

銀座の『並木座』でタダで入手できるチラシ状のものに「類重兵」という人が映画コラムを連載していたが、そうか、ルイ・ジューヴェにあやかったペンネームなんだな、と気づいた。ルイ・ジューヴェは戦前から戦後にかけてのフランス演劇・映画界の超大物なのだった。

先の見えない日々だけれど、映画を観ていると、そんなことは忘れてしまう。何だか救われた気分になる。やっぱり私、映画が一番好きなのかもしれないなあ……。

そうそう、この年だったと思うが、『キネマ旬報』に行って嶋地さんという何歳か年上の男性編集者に会った。編集者を募集していたからだったのか、それとも私が勝手に売り込みの文章か何か送ったのだったか（←そういう積極策は思い浮かばない私のはずなのに⁉）。とにかく嶋地さんは律儀に話を聞いてくれたものの、結局、やんわりと断られた。私は別段ガッカリもしなかった。『キネ旬』の誌面でよく名前を見る編集者と映画の話ができただけで嬉しくて、満足だった。

失業手当のことに関してはほとんど知識がないままに（何かハガキでも来ていたのだろうか？）職業安定所に行ってみたら……思ったより多くの人たちが詰めかけていた。ロビーのような所に何人か集められ、説明のようなものがあった。面白くも何ともない、地味〜な気分になって、浦和駅そばの、高校時代からのお気に入り喫茶店『麦』（ビルの二階）に行って、席について、「あ〜あ」と溜息をつく間もなく、私の席のまんまえに一人の男子がドサッと座ったので、エッ⁉　と思ったら、「職安にいたでしょ」と言う。職安から私のあとをついて来たのだった。全然、気がつかなかった。

まったく悪びれた風もなく、失業手当の話をするので、「まあ、いいか」という気分になってしまった。彼は職安慣れしている様子だった。私の失業手当の額を聞いて、「恵まれてるよ、いい会社だったんだね」と言った。おぼえているのはそのくらい。「そうか、主婦の友社は高給のほうだったのか」と、やっと気がついた。「がんばって」と笑い合って別れた。

この年だったか、あるいは翌年だったか、たまたま目にした『ｎｏｎ-ｎｏ（ノンノ）』（集英社。アンアン同様、ベビーブーマー女子をターゲットにしたもの。アンアンとノンノで〝アンノン族〟という言葉も生まれた）に、懸賞エッセー募集の記事があった。千字だったか千五百字だったか忘れたが、どんなテーマでもＯＫ――とあったので、ヨーロッパ旅行の体験談を書いて送ったら、一番ではなくて二番か三番くらいのランクで入選し、賞品（フランス製の自転車）が送られて来た。募集に応じて投稿したのは、これが最初にして最後のことだった。かすかながら自信がついたような気がする。

マージャン仲間たち

七〇年頃からファッション誌で私が注目していたモデルの山口小夜子《さよこ》が、この年、資生堂の専属モデルになってＴＶのＣＭにも出演するようになっていた。私はサッサとカブレて前髪を切り揃えたオカッパ頭＋マッカな口紅――というふうになっていた。以来、（ごくたまにパーマをかけたこともあったが）えんえんと、このオカッパ頭から脱却できず。

この年の秋。オイル・ショック（第一次）があった。大阪で「トイレット・ペーパーがなくなる」というデマが発生し、全国各地で主婦たちはトイレット・ペーパーの買い溜めに走った。「えっ、何でトイレット・ペーパー限定?!」と不思議だった。ウチでも補充しなくてはいけないのかなあ、と迷っているうちに騒ぎはパタッと終息（このあと一九七九年にも第二次オイル・ショックがあった）。経済成長率10％を記録して来て「高度経済成長」と浮かれて来た日本経済の勢いも、この一九七三年でついに失速したのだ。

どういういきさつでだったのか、まったく思い出せないのだけれど、この年の秋ごろから『エージー』という広告宣伝会社のＰＲ誌制作セクションで、週に二、三日だったかな、出勤して働くことになった。卒業後初めての職場になった読売新聞社出版局があったビルのすぐそばだった。

そのセクションには男の人四人、女の人三人がいた。ＰＲ誌といえども雑誌作りのいろいろを（ギャラをもらいつつ）実践的に身につけられるのだから、ありがたかった。正規の社員でもないのにボーナスも出してくれた。いちおう働き出した私を見て、親もホッとしている様子だった。

この年のあたりから、私は時どき神楽坂の路地にある『憂陀』というバーに出入りするようになっていた。下戸である私がなぜそのバーに通うようになったのかと言うと、そこで知り合った同世代のツルちゃんとその恋人であるサンカワさん――このカップルと親しくなり、少し年上のサラリーマンのハッちゃんを交えた四人でマージャンを楽しむようになっていたからだ。

　ツルちゃんとサンカワさんは同じ大学の映画研究会で知り合い、卒業後、ツルちゃんは精神科医をめざして医大に入学し直していた。サンカワさんはＴＶ制作会社に入社。ディレクター修業中だった。

　ある夜。例によって『憂陀』近くの雀荘でマージャンをしているうちに、「もう半チャンやろうよ」ということになり、帰宅が遅くなるので家に電話したら、電話に出た母がヒステリックな声で「サッサと帰って来なさいっ！」と叫んだのが他の三人にも聞こえてしまい、「こわいねえ」と誰かが苦笑しつつ言ったので、私は恥ずかしさと怒りで頭が爆発しそうになった。

　あとで知ったことだが、私の帰宅時間や半失業状態であることをめぐって、父が母を責めるようなことを言っていて、カッカとしていたところに私の電話（＝帰りは遅くなります）が入って、のんきな母も、ついにキレた――のだった。

　私はそんな母に同情する気はまったくなく、「絶対にこの家から出てやる！　一人で暮らす！　誰にも文句は言わせない！」とコブシを握るがごとく心に強く誓ったのだったが……稼ぎが悪くて、ちゃんと家出ができるまで、その後、三年もかかってしまった。

1974

三宅菊子さんとの出会い

週に二、三日出勤していた『エージー』に私と同世代の女子Mさんがいた。ほっそりとしたオシャレな人。鎌倉っ子だった。

深い話をした記憶はないのだが、ある日、「中野さんに紹介したい人がいるのよ。『アンアン』でバリバリ、原稿を書いていて、私が尊敬している人。アシスタント的なことをしてくれる人を探してるのよ」と言うので興味を引かれ、結局、『エージー』近くの喫茶店『白十字』で、その人と会うことになった。私より八歳上の女の人というので、ちょっと緊張した。何しろ『アンアン』なのだもの、きっと流行最先端のファッショナブルな人なんだろうな。私なんか一目で「アウト」かも……。

ところが、目の前に現れたその人は、化粧っ気ゼロで、パーマっ気のない髪を後ろでオダンゴ状に束ね、おでこは丸出し、セーターもコートもまったく飾り気のない黒っぽいいでたちなのだった。内心「エッ?!」と驚きつつ、ちょっとホッとした。

　何をどうしゃべり合ったのか、もはや完全に忘れてしまったが……アシスタントというよりも、一人でこなしきれない仕事が来た時、手伝ってくれる人を探しているとのことだった。常時ではないので、私もそのほうがありがたかった。とにかく、「面白い人に会ったな。今まで会ったことがないタイプの女の人だ」と感じた。

　それが、のちに私にとって唯一の「師」と言えるような存在となった三宅菊子さんだった。

　三宅さんは『アンアン』創刊当初からの、フリーランスの主力ライターで、独得の「アンアン文体」を生み出した人でもあった。

　お母さんは、私なんかでも新聞の人生相談欄の回答者として知っていた有名な作家・三宅艶子《つやこ》さん。当時、まだ六十代前半でお元気で、飯田橋近くの揚場町のマンションに住んでいた。菊子さんはそのマンションから歩いて十分くらいの所のアパートで、パートナーの佐藤一さんと暮らしていた。伊豆に二人の家を建てるという計画があり、そのこともあってガムシャラに働いていたのだと思う。『アンアン』など平凡出版（現・マガジンハウス）以外の女性誌の仕事もたくさん抱えていた。

　菊子さんは母・艶子さんのマンション（つまり実家）の一室を時どき仕事場として利用している様子だった。

　この年だったか翌年だったか、菊子さんは講談社の『若い女性』の別冊フロクの一冊全部を請け負ったので、急遽、フリーのライターやスタイリストが駆り集められた。フロクの内容は都内にある若い女子向きのお店のガイドブック。揚場町の艶子さんのマンションの一室が仕事場になった。艶子さんは、おっとりとやさしい人で、厭がっている様子はなかった。

ライターは菊子さん、私、スタイリストは吉本由美さん（すでに『アンアン』でスタイリスト兼イラストレーター兼ライターとして誌面に登場していた。色白美少女風。私は「実物、やっぱりかわいい、オッシャレー」と感動）。そして、おっとりしたイラストレーターのアリタさん。

三宅さん作成のリストにのっとって、都内各所のショップを訪ねて取材。『アンアン』の名を出すと、たいていの店は協力的だったのだけれど、ただ一店、お茶の水（というより神田エリアか）の路地にあった古くて小さなセンベイ屋の婆さんは、けんもほろろ。あまりの無愛想さに涙が出そうになった――という話を菊子さんにしたら、「いいねえ」と笑っていた。今では私も「いいねえ」と思う。

この仕事で、いちおう私は「合格」ということになったのか、以後、三宅さんが仕事でいっぱいいっぱいになった時、「ＳＯＳ」的に招集されるようになった。

三宅さんはとにかくストレートで、何でもハッキリと口にするので、内心、私はビクビクしていたのだったが、しだいに三宅さんの「怒りの回路」がわかるようになっていった。

ポツポツと他の雑誌からも仕事が来るようになって来た。何しろ「家を出たい」＝「オカネが欲しい」という気持だったから、来た仕事は、あんまり気の乗らないものでも受けるようにしていた。

どうやって知り合ったのか忘れてしまったけれど、主婦と生活社（私が勤めていたのは主婦の友社）の編集者だったＩさんという何歳か年上の男の人が会社をやめて、フリーランスになっていた。その仕事の中に、若い女の子を対象とした占い雑誌の編集というのがあった。

Ｉさんから「誰でもいい、有名芸能人の何人かのコメントを取ってほしい」と言われ、Ｉさんの指示だったのか、それとも自分で考えたのだったか、渋谷公会堂でＴＶ中継されていた歌謡番組のリハーサルを狙って取材することにした。そんな場に侵入するのは、もちろん初めてのことだった。

関係者の出入口は何事もなくスンナリ入れてしまい、楽屋らしき所に井上順（元・スパイダース）がくつろいで座っていたので、勇気を振り絞って（？）コメントのお願いをしたら、「あのね、事務所に了解取ってるの？　普通、事務所を通しておくもんなのよ」と、やさしい口調で言われてしまい、私は赤面。サッサと引きさがった。今でもＴＶで井上順を見ると「いい人だったな」と思う。

それでもあきらめずに、リハーサル室の会場にずんずん入り込んで、デビューしたてらしき女の子に接近して、何とかコメントが取れた。

そんな中、ステージ上に（前年デビューの）山口百恵が登場。アイドル風の媚態はまったくなく、すっきりと直立した姿に目を見張った。

その後、『タレント名鑑』というのがあることを知った。それで所属事務所を知り、電話して、取材の申し込みをしておくようになった。

地味な修業の日々

お金のためだし、修業の身だし……と思いつつ、占いにはまったく興味がないので、Iさんから来る仕事は、やっぱり苦痛だった。新宿のはずれにあったIさんの事務所から駅へと、沈んだ気持で歩いていた。靖国通りの交差点を渡ろうとしたら、向かい側から歩いて来た男の子が「マツバラさんですよね」と言って、目の前に立ちはだかったので、「エッ、違いますよ」と言ったら、「いいんだ、嘘なんだ……お茶でも飲みませんか」と言うので、「まだ高校生でしょ」と言ったら、「高校生じゃあない！……予備校生」とムキになって答えたので、反射的に笑ってしまい、見た目も清潔感のある子なので、つい（面白いかもしれない）と思って「そうね、いいわよ」と答えていた。道ばたでのナンパに応じるなんて、私としては人生最初にして最後。

私は、夏には二十八歳になるという年で、その男の子は、ちょうど十歳下。近くの喫茶店（今はもうない）で結局一時間ぐらい話し込んだのかな？　有名な駿台予備校に通っているのだけれど、その日はサボっていたようだ。さかんに私のことを好みのタイプとホメそやしてくれるので、ちょっとヒネった趣味の子だなと思いつつ、悪い気はしなかった。

その男の子はトイレに立つ時、「戻ってくる間に、いなくなったりしないでよね」とマジメな顔で言ったのがおかしかった。しゃべり疲れて、「お互いにがんばろうね」と言い合って別れた。地味～な日々の中での、思いがけない華やぎ（？）だった。

そうだ。今、フッと思い出した。この年の秋には、高校時代からの親友K子が、一年間のモスクワ留学を終えて帰国したのだった。

K子は東京外国語大ロシア語科を卒業したものの、大学紛争のあおりで卒業が一、二ヵ月遅れたこともあり、小出版社を転々としていた。

K子の家は決して豊かな家というのではなかった。「このままじゃあいけない」「もっとロシア語の力をつけたい」と、思い切っての留学だった。横浜港から船に乗ってシベリア鉄道を使ってのモスクワ行き。横浜港では、K子の御両親、生まれたばかりの男の子を抱いたお姉さんといっしょにK子を見送った。

K子とは頻繁に手紙のやりとりをしていた。授業はそうとうハードなようだったが、寮生活を描写するくだりは楽しそうで羨ましかった。こうしてキチンとキャリア・アップしてゆくK子。何だか私、取り残された気分……？

一年間の留学を終えて帰国した日。羽田空港に出迎えに行った私は、K子の姿を見るやいなや、抱きついて笑い泣き。何だか、その一年間の私自身の憤懣《ふんまん》とか迷いとか淋しさがドッと噴出したかのようだった。女同士シッカと抱き合って泣くなんて初めてのことだった。

この年の三月、旧・日本兵の小野田《おのだ》寛郎《ひろお》さんがフィリピンのルバング島で救出されたというのでメディアは騒然。実はその二年前の一九七二年にはグアム島で横井庄一さん（当時五十六歳）が帰還していて、「恥ずかしながら帰って参りました」という言葉は流行語にまでなっていて、それに続いての小野田さん救出なのだった。

横井さんはまったく庶民的な印象だったが、小野田さんは眼光鋭く、いかにも「タダモノではない」といったオーラを発していた。小野田さん発見に関してはベビーブーマー（当時二十代半ば）の鈴木紀夫君が大きく貢献していた。敗戦から三十年近く経っていた中で、「戦時下」をエンエンと生き抜いて来た男が、「戦争を知らない子どもたち」の一人に初めて心を開いたのだ。そのことが、同世代として、ちょっと誇らしかった。

鈴木紀夫君は冒険家になり、八六年にヒマラヤで雪崩に遭って死亡。三十七歳だった。小野田寛郎さんはブラジルで牧場を経営、帰国後は中央区の佃に住み、サバイバル塾「小野田自然塾」を主宰、九十一歳で亡くなった（私は佃の近くのマンションに三十年ほど住んでいるのだが、ある日、マンションのフロントで小野田さんらしき人を見かけたことがある。もっと近づいて確認すればよかった！）。

映画はこの年、何と言っても面白かったのが『スティング』（ジョージ・ロイ・ヒル監督）。ポール・ニューマン、ロバート・レッドフォード、そしてロバート・ショー。ワルとワルのだまし合い。主演の二人もよかったが、カタキ役のロバート・ショーに大いに注目。映画でも小説でも、こういう悪知恵vs.悪知恵の話が一番面白く、好きなような気がする——ということに気づかされた。さらに三〇年代ものが一番好きということにも。

『ペーパー・ムーン』にわくわくしたのも、たぶんこの年。これも三〇年代もので、主演（と言ってもいい）テイタム・オニール演じる少女アディの一挙手一投足に目が釘づけ。帽子がストーリー上の重要な小道具になっていた。八〇年代にニューヨークに行った時、アンティック店でアディがかぶっていた帽子によく似た物を発見、嬉々として買った。

1975

来た仕事は全部引き受け

ありがたいことに、主婦の友社にいた頃の上司だったカメダさんが宣伝制作課から女性誌『ai（アイ）』の編集部のデスクになって、私に仕事を回してくれるようになっていた。カメダさんに恥をかかせないためにも、頑張らなくては。

私は同世代の女性編集部員Iさんと組むことが多かった。サッパリとした性格の人で仕事はやりやすかった。夏休みには箱根の老舗・富士屋ホテルにいっしょに泊まりに行って料理を楽しみ、プールで泳いだりしていたのだから、半失業状態と言っても、実家にいたので、収入はおこづかいとして使えたのだ。

とにかく来た仕事は全部引き受けていた。女性誌なので恋愛や結婚に関する読みものページが多い中で、Iさんから来る仕事はインテリア関連の仕事が多かったのもありがたかった。私は「生き方」方面の話にはあんまり興味がなく（すごく乱暴に「好きにすれば」

としか思えなかったのだ）、それより「物」。インテリア雑貨やファッションのほうが好きだった。

Ｉさんとの仕事の中で、（吉本由美さんのように）インテリアのスタイリストというのもいいなあと、ひそかに思っていた。この頃からインテリア・ブームで、青山あたりにはイノベーター、アルフレックス、イケア、オレンジハウス、ハートアート、ショップイン後楽園などインテリア雑貨の店が次々と出現し始めていたのだった。若い女子を対象とした雑誌はこぞって特集を組んだり、フロクにしたりするようになっていた。

インテリアのスタイリストは、テーマに応じて、目をつけていた物を店やデパートから借り出して（宣伝担当の人に電話で〝貸出し〟依頼をしておく）、スタジオなどで撮影し（値段や特長などをメモしておく）、返却する。時には家具などもあり、かさばるのだ。たいていはロケバス（大型の車）を使う。

両手にクッション六点とかイス二個とか持って駆けずり回る。ほんとうに力仕事だった。主婦の友社の『ａｉ』編集部には、確か新入社員だったと思うが、松川邦生さんがいた。早大文学部出身で私より四歳くらい下だったと思う。愛想なくボソボソしゃべる男子だったけれど妙に気が合った。私の出身地である浦和の近くの大宮出身という親しみもあったのかもしれない。

あれは松川君から来た仕事だったか、それとも他の人からだったか。「お見合いサークル潜入ルポ」という仕事を依頼された。お見合いサークルって（今はどうだか知らないが）いろいろあるんですね。くだけたパーティ形式のものだったり、面談形式のものだったり。四、五件、〝潜入〟した――というより、させられた。

パーティ形式のものはともかく、面談形式のものは、うーん、ちょっと辛かった。男女同数の人びとが集まって、細長いテーブルを間に向かい合い、五分間だったか十分間だったかの制限時間内で会話を交わし合い、制限時間になると男子のみイスを一つずつズレてゆく――という〝流しソーメン〟的な方式だった。私は嘘をつかなくてはいけないのがツライようなオカシイような、複雑な気分。特に興味を持てる人もない中で、一人、印象に残る人がいた。三十代後半か四十代前半という感じの人で、妻を亡くし、子どもを残されて、困ったあげくの参加だとタメイキまじりに語っていた。なるほどねー、再婚はモロに現実的な問題なのねー、と納得がいった。「いい人が見つかるといいねえ」と思った。

ぼちぼち、ブランド

この年、私が大学卒業直後にアルバイトしていた読売新聞社から『Ｍａｄｅ ｉｎ Ｕ．Ｓ．Ａ．』というカタログ雑誌が出版された（少しばかりだが、その広告の手伝いもした）。私は一目見てアッと思った。全編、物、物、物。モデルを組ませたり、雰囲気のある背景の中で撮ったりせず、物だけをまさにカタログ的に紹介しているところが画期的だった。これは、のちのブランド・ブームの先駆けになったと思う。すでにブランド・ブームの下地はできていて、私の妹（二歳下）はセリーヌのバッグだのディオールのスカーフだのを（上野のアメ横でだが）買っていた。

　女性誌では「良家の子女」風というか、ファッション性はどうってことないが男子からの好感度だけは抜群といった感じの「ニュートラ」ファッションがはやっていた（ニュー・トラディショナルの略）。

　私はそういった「良家の子女」風の服が好きではなく（また、似合わず）、原宿駅近くにできた「ヨーガンレール」の木綿ワンピースやブラウスを、（思い切って、ごくたまーに）買っていた。この年だったか翌年だったか、六本木交差点の小さな雑貨屋に何だか強く心惹かれる茶色のゴム長靴があって、思い切って買った。同じコーナーにあった薄紫色のTシャツ（衿まわりに銀色の細いヒモがついていて、衿まわりを調節できるようになっていた）も気に入って買った。ブランド名はコム・デ・ギャルソンだった。


　ある時、松川君担当の仕事で、「有名人愛着のレコード」というのがあった。有名人に好きなレコード一枚を選んでもらい、その理由などを取材するという仕事（レコードは拝借して撮影し、返却）。

　当時『パルコ』の広告イラストレーションで有名になっていた山口はるみさん（ミック・ジャガーを熱愛）は原宿のマンションに住んでいた。トップモデルになっていた山口小夜子さんは、当時まだ一般的ではなかったレゲエのレコード持参で原宿の喫茶店『レオン』に現れた。ささやくような小声で話す人だった。憧れの人たちに会えて嬉しかった。

でも、卑屈に見えることだけは避けたい、と思っていた。ラフォーレ原宿ができたのはこの三年後のことで、まだ静かで緑も豊かな屋敷町。それでも『キデイランド』や『オリエンタルバザー』などがあり、オシャレっぽい街並だった。

港のヨーコ

そうだ、この年、ダウン・タウン・ブギウギ・バンドの『港のヨーコ・ヨコハマ・ヨコスカ』が大ヒット。この歌の中のフレーズ――「アンタ　あの娘《こ》の何なのさ！」が大いにウケていた。私もこの歌が好きで、どの雑誌のどういう企画だったかは忘れたが、作詞者であり、美人という噂の阿木《あき》燿子《ようこ》さんをインタビューすることになった。

指定された場所は、赤坂のＴＢＳの真ん前の、確か地下にあったバーというかスナックというか。壁にたくさんのレコード・ジャケットが飾られていた。五〇～六〇年代のアメリカのポップスが多かったように思う。阿木燿子・宇崎竜童コンビはすでに結婚していたはず。ずうっと、あの、音楽でいっぱいの店はあの二人がオーナーの店と思って来たが……確証はない。

とにかく阿木燿子さんにお似合いの店だった。ツッパった女の人かなと思っていたのだが、明るい微笑の、フンワリとした雰囲気の人だった。その後、今に至るまで、いくつかのコンサート会場で二人の姿を見かけた。最新は、荒木一郎のコンサート。三つ程、横のシートで――。なあんて、つい、ミーハーぽく自慢してしまう私。

そういうインタビュー取材の場合、編集者だけでなくフリーのライターである私の好みや関心も、少なからず反映できるのが嬉しかった。べつだん有名人とお近づきになりたいわけではない。私の興味がかきたてられる人・物・事柄などを世間にアピールしたいだけなのだ。自分だけで「好き好き好き」と思っているだけでなく、多くの人にその魅力や才能を知ってもらいたい——という、おせっかいな気持。

もちろん、私としては興味がなかったり、気がすすまなかったりする人を取材しなくてはならないこともあった。

例えば、ニュートラ・ファッションで固めた女子大生やＯＬたち。型にはまるのが好き、とは言わないまでも何の抵抗もないらしい女子たちというのは、私にはちょっと謎で敬遠ぎみ。それでも、イザ、実際に接して話してみると、予想通りの子ばかりではなく、予想をはずれた面白い子も、たまにはいたりして、ひとくくりにはできない。

固定観念を崩される——というのは、取材者として、ちょっとした喜びなのだった。特に、世間知らずの私にとっては！

ショーケンと家出の因果関係

ＴＶでは前年秋から日本テレビで『傷だらけの天使』を放映していた。萩原健一（ショーケン）演じるオサムと水谷豊演じるアキラが、怪しげな探偵事務所の所員として様々な騒動に巻き込まれてゆく。事務所のぬしアヤベ・タカコは岸田今日子、その忠実な部下・

タツミは（現実にいとこである）岸田森《しん》が演じていた。
いやー、私にとってのTVドラマ史の中ではベストワンかも知れない。少なくともベスト・スリーには入る。今、DVDで観直しても完璧に引き込まれる。ショーケン、最高！若者であることの輝きと情なさを一身に、全身に。セリフに生き生きとしたリズム感があふれ、高貴でしなやかな獣のよう。水谷豊とのコンビネーションもすばらしい（私が水谷豊を知ったのは、このドラマが、たぶん初めて）。

　オサムが住んでいるのがビル屋上のペントハウス。街なかのビルの屋上に住むなんて、（貧乏であっても）いいなあと憧れた。山手線で新宿から代々木へと行く時、オサムの住んでいるのはどのビルだろうと目で追ったものです。

　と書いていて、ハッと気づいた。私が家出を決行したのには、このドラマの影響もあったんじゃないかと。さすがに私は女ゆえ、ビル屋上のペントハウスまでは望まないが（ちょっと危険でしょう）、都内の街なかで、私一人、自由の天地が欲しくてたまらなかったのだ。何時に寝て何時に起きようと誰にも口出しされない暮らし。いつでもどこへでもパッと出られる暮らし……。

　そうだ、きっと、そうだったのだ。ずうっと忘れていた。

キース・キャラダインの時代

戦後ベビーブーマーたちに熱烈に支持され、「アメリカン・ニューシネマ」と呼ばれた映画の数かず――『俺たちに明日はない』『ワイルドバンチ』『イージー・ライダー』『明日に向って撃て！』『真夜中のカーボーイ』『Ｍ☆Ａ☆Ｓ☆Ｈ《マッシュ》』『スケアクロウ』『さらば冬のかもめ』……と、こう書いているだけでも胸が熱くなる。

そんな動きもこの年あたりには失速していたのだったが、私は新しいヒイキ俳優をみつけていたので、あいかわらず映画が一番の楽しみだった。

そのヒイキ俳優は、キース・キャラダイン。『北国の帝王』（七三年）で俄然、注目。七〇年代半ばから八〇年代半ばまで「キース・キャラダインの時代」というのがあったのよ。私ばかりではなくハリウッド映画界にも。気の利いた監督は使っていた。

キース・キャラダインも戦後のベビーブーマーで、父親は画期的な西部劇映画となったジョン・フォード監督の『駅馬車』（三九年）にギャンブラー役で出演していた長い顔の持ち主、ジョン・キャラダイン。この人には五人の息子がいて、そのうち四人が俳優になった。キースは三男。パパゆずりで目つき鋭く顔が長い。

個性の強い顔だけれど、意外にも、どんなキャラクターもそれらしく見せるんですよ。バリバリの二枚目役もＯＫだし、アクの強い役柄もＯＫ。この数年、映画ではあまり見かけないけれど健在のようです。

そうそう。この一九七五年はパニック映画の年だった。ハリウッドのオールスター出演とも言える『タワーリング・インフェルノ』。決してスター頼みではなく脚本も緻密で、まさにワクワクドキドキ。監督はイギリスのベテラン（当時四十九歳）、ジョン・ギラーミン。

いっぽう『ジョーズ』も大ヒット。監督は独創的な映画『激突！』で注目を浴びていたスティーヴン・スピルバーグ（当時二十九歳）。たたみかけるような傑作だった。

1976

懐かしの喫茶店

この年の春だったか夏だったか、念願の一人暮らしを始めた。一九六九年（新聞社でアルバイト時代）に〝家出〟に失敗していたので、今度は慎重に物件を探した。「地下鉄千代田線の乃木坂駅下車、歩いて三分、家賃三万円」という格安物件だったが、見に行ってみると普通の民家の敷地に「はなれ」のように建てられた、そこそこ古びた小さな二階建て。一階も二階も二部屋ずつ。二階の一室にはその家の息子（次男）が住んでいた。私が住むことになる部屋は、六畳一間、小さな台所とトイレつき。

フロなしというのはキツイけれど、近くに銭湯があるから、まっ、いいか。何しろフリーランスなのだから、交通の便が優先だ、と思って、そこに決めた。

何しろ二度目の「家出」なので、両親も「あ、やっぱりね……」といった感じで、そんなに驚いたりはしなかったように思う。家からは学生時代から使っていた机とイス、フトン、衣類、本など軽トラックに積んで、今度は堂々と（？）家を出た。二十九歳と数ヵ月という、何だか「いかにもー」のタイミングなのだった。

赤坂見附にも六本木にも歩いて十分くらいで行けるので何かと便利だった。生まれて初めての銭湯通いで、システム（っていう程のことではないが、ロッカーの使い方や風呂場でのマナー）に最初はとまどった。おおぜいの人の中で裸の姿をさらすのも恥ずかしかった。銭湯帰り、シャンプーした髪をなびかせ、銭湯セット（布製ショルダーバッグに常備）を持って帰路につく時、「こうしてけなげに生活している私……」と自己陶酔。スナックのネオンが目に入ると、何だか人恋しさみたいな気分に襲われるのだが、それまで一人でバーやスナックには入ったことがなく（下戸だし）、ガマンしてまっすぐ帰った。

家賃はその家のおばあさん（七十代くらいだったろうか？）に手渡しで払っていた。おだやかでやさしい人だった。隣接する家に息子（長男。区役所勤務）一家と住んでいて、私たちの住んでいた二階建ての小さな家の家賃収入は、おばあさんのお小遣いになっていたんじゃないかと思う。

赤坂や六本木では喫茶店チェックが楽しかった。洒落た喫茶店がいくつもあった。それが今や、ほぼ全滅状態（今風の、チェーン店方式の喫茶店は私にとっては喫茶店ではないのだ……）。

赤坂見附にはテレビ局ＴＢＳの大きなビルがあり、その角には、当時すでに古色を帯びていた大きめの喫茶店（店名は確か『憩』）があり、いい目印になっていた。ＴＢＳの真ん前には『アマンド』をはじめ、さまざまな趣向の喫茶店があった（そうそう、アマンドの店の前にテーブルとイスがあり、そこに一人で座って本を読んでいる永六輔《えいろくすけ》さんを目撃。大いに目立っていたのだが、テレくさくないのかなあと半ば感心）。

六本木にも『アマンド』があった（今でもある）。坂を少しくだった所に（店名は忘れてしまったが）ヨーロッパ風の渋いインテリアの喫茶店があって、たびたび寄っていた。

この年だったか、もっと後だったか、麻布警察署のまんまえの大きな喫茶店の二階窓側で、一人でなごんでいたら、隣りのテーブルに初老のおやじさんが若い男といっしょに座っていて、そこに入れ代わり立ち代わりという感じで人が来て、（話の内容はもはや忘れてしまったが）なかなかキワドイ話をしているのだった。世間では(暴)とかヤクザとか呼ばれているひとたち。おやじさんは組長らしく、さすがにドスの利いた渋い声なのだが、時どき孫娘の（よりにもよって名前がミドリ）話をしていたりして、その話し方に妙な愛嬌があり（すごくミドリちゃんをかわいがっているのだった）、私は、つい、好感を持ってしまった。その喫茶店も今はない。

三宅さんのファミリー・ヒストリー

三宅菊子さんの指揮のもと、この年にも講談社『若い女性』の仕事で、インテリア・ショップを中心としたお店紹介特集のスタッフとして、吉本由美さん、アリタさん、イワダテさん、私という顔ぶれが招集された。飯田橋駅近くの揚場町の艶子さんのマンションや発行元の講談社の一室で、打ち合わせをしたり原稿を書いたり。

　自然とお母様の艶子さんと話す機会も多くなった。そういうわけで、だんだんと三宅家のファミリー・ヒストリーも知るようになっていった。

　ある時、艶子さんの外出中に電話がかかってきて、電話口に出た菊子さんが数分間、応対していたのだが、電話を切ったあと「親類なんだけど、ボケちゃってホームに入ってるのよ。そこで、自分は（有名人の）三宅艶子だと思い込むようになっちゃったのね。そうしたらなんと、今度は艶子先生の秘書と思い込む人が出て来ちゃったのよ。それで二人とも、うまくいってるらしいから、いいのかもしれないけどねえ」と苦笑しながら言うので、私は噴き出してしまった。そして、「そうか、艶子さんの小説やエッセーは映画化もされるほど評判になっていたらしいから、ある世代の人たちにとっては大変な有名人なんだろうなあ」と察した。

　艶子さんも菊子さんも自慢めいたことはいっさい口にしなかったけれど、私は雑誌や本を通じて三宅さんの家（と言うより艶子さんの夫だった画家・阿部《あべ》金剛《こんごう》）の血筋についてだんだんと知るようになった。

　ここから先は脱線ぎみに菊子さんの一族について記録しておきたい。

　艶子さんは昭和初期のいわゆるモガ（モダンガール）だった。昆虫学者の三宅恒方《つねかた》と作家・三宅やす子の娘として生まれ、「大正デモクラシー」の象徴的人物である西村《にしむら》伊作《いさく》が大正十（一九二一）年に創立したユニークな学校「文化学院」で学び、モガの代表のごとく注目されていた。

いっぽう夫となった阿部金剛の家というのも岩手県盛岡の名家。父親の阿部浩は原敬《はらたかし》の幼なじみ。内務官僚の大物で、いくつかの県の知事をつとめ、二十世紀の初め頃、二度にわたって東京府知事をつとめたという人物。その息子の金剛は一九二〇年代にフランスに渡り、洋画家修業。いわばモボ（モダンボーイ）の象徴のごとき存在。

一九三〇年、艶子さんと阿部金剛が結婚した時は「モボとモガの結婚」と新聞に華ばなしく書き立てられたという。

そういうわけで菊子さんはレッキとした「東京山の手お嬢様」なのだが、変わり者のお嬢様だった。十代の頃は同じ山の手育ちのお坊ちゃんたちと乗馬やパーティなどで遊んでいたらしいが、やがて新聞に取材記事を書くようになり、作家・広津《ひろつ》和郎《かずお》のおともとして松川事件（四九年に福島県松川町で起きた列車脱線転覆事件。当時、①下山事件②三鷹事件③松川事件と続く鉄道事件で〝国鉄三大ミステリー事件〟と呼ばれた）を取材しに行き、被告の一人だった佐藤一さん（のちに無罪）と出会い、六五年に結婚。当時菊子さんは二十七歳、佐藤さんは四十四歳だった。

佐藤さんは下山事件の解明に打ち込んでいて、それは、この七六年に分厚い一冊の本、『下山事件全研究』（時事通信社）となって出版された。私も買って読ませてもらったが、まさに渾身の一冊だった。今では下山事件関連書の「決定版」と言われている。菊子さんはほんとうに嬉しそうだった。

菊子さんは十七歳も年上の佐藤さんをしんそこ尊敬し、惚れ込んでいた。私は二、三度、チラッと顔を合わせただけだが、佐藤さんは小柄で静かな人だった。それでも堅い意志の持ち主であることは風貌から察せられた。

あれは何年のことだったろう。私もコラムニストとしてそこそこ知られるようになった頃、三宅さんから原稿依頼を受けた。確か『家庭画報』の三宅さん担当ページだったと思う。アシスタント的存在というのではなく、一人前の署名ライターとして認めてもらえたんだな——と嬉しかった。

以来、何度か原稿依頼を受けるようになった。その頃、三宅さんは九段の靖国神社脇のマンションの一室を仕事場とするようになっていて、神田（だったかな？）に自宅を持っていた。私は何度か、本でいっぱいの九段の仕事場を訪ねていた。私よりだいぶ若いライターの小島弥生さんもそこに出入りしていた。ある時、たぶん仕事が一段落してホッとしていた時だったのだろう。菊子さんは私と小島さんをいかにも高級そうな中国料理店（どこだったかなあー）に誘って、オゴってくれた。実のところ、私は菊子さんと話す時は、いささか緊張するのだったが、この夜は初めてと言っていいくらい、くつろいで話せた。

ある日、銀座のアンティック・モールをうろついていたら、古着のキモノ屋のワゴンに面白い物を発見した。古キモノのハギレが山盛りになっている中に、何冊かの本を散らしたデザインのハギレがあり、その本模様の一つに「三宅やす子著」と記されているのがあったのだ（本のタイトルは忘れてしまった……）。菊子さんのおばあさんの著書をきもの地としてデザイン化したもの。即、買った。キレイなので取っておいたチョコレートの紙箱に入れて、九段の菊子さんの仕事場を訪ねてプレゼントした。「これ、きっと父がデザインしたんだと思うわ！」と喜んでくれた。それが最後に見た菊子さんだった。

　最愛の佐藤一さんが他界してから三年後。二〇一二年、菊子さんは亡くなった。七十四歳だった。

　フッと思い出す。八〇年代に入ってからだったが、菊子さんの少女時代の思い出話として「近くで内田百閒《うちだひゃっけん》の捜し猫のビラを拾ったことがある」と言っていたのが、百閒ファンとなっていた私としては、とても羨ましかったことを——。

　内田百閒は夏目漱石の門弟で、芥川龍之介とも親しかった人。随筆の名手で、人柄もそうとう風変わり。その様子は黒澤明監督の遺作『まあだだよ』（一九九三年）に描かれている。百閒役が松村達雄というのはミスキャストだったが。

　百閒は鉄道マニアで「阿房列車」シリーズがあり、一九五二年の鉄道開業八十周年記念行事では東京駅一日駅長をつとめている。一九五七年には飼猫のノラが突然失踪。老境の百閒は、たいして可愛がっていたわけでもなかったのに、狂おしく動揺。その一部始終をつづった随筆が『ノラや』だった。当時の百閒は千代田区六番町に住んでいて、菊子さんの実家の近く。そんな中で菊子さんは捜し猫のビラを拾ったのだった……。

「自分の場所」をさがして

前年の一九七五年から『およげ！　たいやきくん』が爆発的にヒットしていた。もともとはフジテレビの子ども番組『ひらけ！　ポンキッキ』で流されていたのだが、サラリーマン層にも大いにウケて、結局、日本におけるシングル盤の売りあげにおいて史上ナンバーワンにまでなった。いまだにその記録は破られていないという。

　そんなある日、『a・i』編集者の松川君が「面白いのがいるんだ、マージャン好きなんだ、紹介するよ」と言って、新宿二丁目のマンションの一室に連れて行ってくれた。そこにはマンガみたいなファニーフェイスの男子が三人いた。大いに雑然としていて、男子校の部室（見たことはないが）のような印象。その一人が『およげ！　たいやきくん』の絵を描いたイラストレーターの田島司さん。ソファにぐったりと寝そべっていたのがマンガ家の通称・アキちゃん。もう一人が若いアシスタントの佐々木君だった。

　さっそく同じビルの地下にある雀荘（確か『蝶々』という店名）に行ってマージャン。悪フザケはなはだしいマージャンで、私は何度も笑わされた。数日後には『およげ！　たいやきくん』の作詞者の高田ひろおさんがやって来て、また、マージャン。田島・高田コンビは『たいやきくん』でジャンジャンお金が入って来ていて、いっしょにラスベガスに行って大散財して帰国したところなのだった。みな戦後ベビーブーマー。ほぼ同世代。

　飯田橋・神楽坂の雀荘では以前からのメンバーと、そして新宿二丁目の雀荘では『たいやきくん』グループと。ハードに働き、ハードにマージャン。よくまあ、体がもったと思う。恥ずかしながら、『たいやきくん』グループとは深夜営業禁止の中、黒いカーテンで窓をおおい、違法に深夜営業していた雀荘で早朝までマージャンしていたこともあった。一度だけだが。客はコワモテのかたがたとか、オネエ言葉のかたとか。帰路――早朝の閑散とした新宿の街を歩きながら、「うーん、ちょっと、これはマズイかもしれない」と反省した。

　来た仕事は、めったに断らなかった。「修業」そして「生活のため」と思っていたから。興味のないテーマでも何とか面白くしよう、私の好みの形にしようと思っていた。けなげでしょう?!　それでも……（今、思い出したのだが）ある女性誌の企画で「レズビアン・バー潜入記」を書かされた時は辛かったなあ。私、その気はまったくないので。小太り系・短髪・黒っぽいパンツスーツ姿で、ボーイッシュというより、ちっちゃいオジサン風の女子にシミジミとレズとしての苦悩話を語り込まれて、心にもないあいづちを打ったりして。申し訳なかった。後ろめたかった。私は「潜入もの」「体験もの」には、まったく向いていないことを痛感させられた。

　どういうタイプのライターになりたいとか、何が私の「売り」なのかとか、私がほんとうに書きたいものってどんなものなのかとか……そういうことを漠然と考えていたけれど、実は苦手なもの、興味の薄いもの、がんばっても面白くできないもの——というのがどうしてもあって、だんだんと、自然に「自分の場所」というのが限定され、見えてくるのだった。

1977

いつの間にか三十代に

この年の何月だったか、私は飯田橋駅近くの路地の小ぢんまりとした（マンションと名乗っていたが）アパート二階へと引っ越した。広めの板張りのキッチン＋六畳和室、フロあり。家賃は確か六万円くらいだったと思う。

歩いて数分のところに名画座の『ギンレイホール』も『佳作座』もあるという映画好きにとっては恵まれたエリアでもあった。

出入りの出版社に行くにも、三宅さんの家に行くにも、常連メンバーとマージャンをするにも飯田橋が一番便利だったし、おフロのない生活にはやっぱり耐え切れなかったからだ。仕事を選びさえしなければ、順調にそこそこ稼げるようになっていた。実際、特に苦痛に思った仕事というのは、めったになかった。ほんとうのところ、どういうライターになりたいのかというのもハッキリとしていなかったし。

飯田橋に行くたび不動産屋をチェックして、選んだそのマンション。大家さんの家はそこから歩いて十分弱の所にあった。まだキャッシュカードなど普及していない時代で、毎月、大家さんの家まで行って現金で支払っていた。そのたびに大家さん（六十代ぐらいの女の人）はセッケン一個をくれるのだった。贈答品をバラにしたものに違いない……。

さっそくＴＶを買った（ＴＶっ子の私、よくまあ一年弱、ＴＶなしで暮らせたと思う）。新聞も取るようになった。小ぶりの冷蔵庫とイケアのベッドも買った。当時、観葉植物をインテリアとして楽しむのが、ちょっとしたハヤリになっていて、私もポトスの鉢を買い、窓にはブライダルベールの鉢をさげたりしてようやっと「わが家」らしくなって来た。

フト気がついたら（？）、私は三十代に入っていた。特別な感慨はべつだんなかった。私は何かが他人より十年くらい遅れているみたいだから、しょうがないよね――というふうに思っていたような気がする。「何か」というのはよくわからないままに。今にして思えば、「世間知」とか「世知」とかいうようなものだったのかもしれない。

この年、ＹＭＣＡに勤めていた妹が同じ職場のＫさんと結婚。兄も結婚していた。ホッとした。これで親の心配も少しは軽減しただろうと。子ども三人（兄、私、妹）のうち一人くらいヘンなのがいても、あきらめてくれるだろうと。

話が後になってしまったが、前年の夏、私と妹とＫさんの三人で三泊四日くらいの香港旅行に行っていたのだった。その程度の贅沢はできていたんだなあ、と今思う。たぶん「だいじな貯金はたいて」という状態だったはずだが。「大丈夫、オカネはすぐに取り返せる」と思っていた。「根拠のない自信」っていうやつ？　そのくらい当時の雑誌業界には活気があったとも言える。

　この年だったか、その前年だったか、主婦の友社の女性誌『ａｉ』編集部に、私より何歳か年上の赤羽建美《あかばねたつみ》さんという男の人が加わった。早大出身で、集英社の男性誌『週刊プレイボーイ』の編集者だったという。しゃべり方もしぐさもキビキビしていて、いかにも「わが道をゆく」という感じ。

　ある時、赤羽さんと競作するような形で有名人インタビュー記事を任された。確か私はマンガ家の滝田ゆうさんを担当。どこだったか忘れたけれど自宅（ちょうど新築だか改築だかした直後だった）を訪ねて、コタツにあたらせてもらいつつインタビューをした。私にとっては大学時代から愛読していたマンガ家だったので嬉しかった。奥様からも話を聞いた。

　その原稿を仕上げて赤羽さんに渡したら、翌日だったか「負けたかもな」と言ってもらえたのでビックリ。駆け出し編集者の松川君も赤羽氏には一目置いているようだった。

　九月三日の夜。常連メンバーと神楽坂のいつもの雀荘「F……」二階で雀卓を囲んでいたら、雀荘のおやじがダダダッと階段を駆けおりて来て（三階がオーナー一家の居住スペースになっていた）、「ワンちゃんが七五六号、打ったあ！」と叫んだのでビックリした。そうか、ついに、王貞治がハンク・アーロンを抜いてホームラン世界記録を達成したのか……と、すぐにわかったのだけど、私たちはいっしょに盛りあがることもせず、マージャンの方に夢中で、「あっ、そう」程度の反応しかできず、申し訳なかった。

雀荘のおやじは神楽坂の料亭の子で、まだ少年といっていいくらいの時に兵隊にとられ、（どこだったか忘れてしまったが）とても辛い体験をしたらしい。マージャンのメンバーが揃うのを待っている間に、何度か、戦地での話（マラリアにかかって死んで行った仲間の話など）を聞いた。軍隊は恵まれた下町お坊ちゃんにとっては耐え難い日々だったようだ。もっとキチンと聞いておけばよかった――と今は後悔している。おやじさんはメンバーが揃わない時、嬉々としてメンバーになってくれた。

雀荘夫婦の間には一人娘がいて、有名私立の女子高に通っていた。ある夜、制服姿に通学カバンを持って、「いらっしゃいませ」と挨拶して三階（自宅）への階段をあがって行ったと思ったら……しばらくして、また同じスタイルで下りて来て「おはようございます」と言って一階への階段を下りてゆくので驚いた。私たちはいわゆる徹夜マージャンをしていたわけだが……学校の下校から登校までとは。さすがに少し反省した。

ローラー作戦いまだに

ある夜。何者かがアパートの隣りの部屋のドアをドンドン叩き、蹴り、意味不明の叫びをあげているのが聴こえて来た。

何を言っているのか聞き取れない。ドアを薄くあけて見てみようかとも思ったけれど、なんだか怖くて、ただもう身を硬くして騒ぎがおさまるのを待つばかり。と、そこに家主から電話がかかって来た。何事か?!　と思ったら、たんに家賃だか何かについての連絡事項だった。そこで私は、ついつい、隣室の騒ぎに関して口を滑らしてしまったのだ。「隣りで誰かが大騒ぎしていて……」と言い始めるやいなや、家主は「そうっ！　わかったわ！」と言って、電話を切った。私としてはもうちょっと詳しく語りたかったのだが、とにかく、他人に不安な気持を伝えられて、少しばかりホッとした。

それもつかのま。数分後（だったと思う）には、ウーウーウーというサイレンが鳴り響きパトカーが到着。ドドッと階段をあがって来る足音と警官らしき人の声がきこえ……という騒ぎに。私はドアもあけず、ドキドキしながら聞き耳を立てているだけだった。

その二日後、隣りの住人（三十代とおぼしき男の人）が菓子折り持参で謝りに来た。夫婦で暮らしているのだけれど、その夜は泥酔して帰って来たらカギがなく、妻も留守にしていたので、カッとなって騒いでしまい、警察に引っぱられた……と。おだやかな、感じのいい人で、私のほうこそ早トチリで恐縮した（家主のおばさんもセッカチだよね。私はただ不安をわかち合いたかっただけなのに。まさか、即、警察に通報するとは思わなかった……）。

あとでフッと気づいたのだけれど、当時の警察は、まだ「アパート・ローラー作戦」の渦中にあったのだった。一九七〇年代前半の過激派対策として、アパートなどをローラーをかけるように一軒一軒訪ねて潜伏先をつきとめる——という作戦。私はまんまとその構図にはまってしまったのだった、被害者サイド＝善良なる一市民として。元・左翼少女としては、ちょっと複雑な気分だった。

この年、角川映画の『人間の証明』が大ヒット。ジョー山中が歌ったテーマソングがTVでも巷にも流れていて、耳にこびりつくようだった。洋画では『ロッキー』。シルヴェスタ・スタローンが一気に大スターに。こちらのテーマソングもさかんに流れていた。ピンク・レディーが爆発的人気。おもに子どもたちにウケたようだった。なけなしのお金をはたいて行ったスキー場のゲレンデでは荒井由実や山下達郎の曲が流れ始めていたと思う。従来の「歌謡曲」という呼称にはおさまりきらない、ある種の軽さや享楽的気分のある曲が受けいれられるようになっていたのだった。そんな曲の数かずは〝ニュー・ミュージック〟と呼ばれた。

そういう中で私が一番好きだったのは太田裕美が歌う『木綿のハンカチーフ』。作詞・松本隆、作曲・筒美京平――という、今にして思えば黄金コンビ。

そうだ、筒美京平と言えば、……この頃、近田春夫という人が雑誌『ポパイ』に『THE歌謡曲』というコラムを連載していて、筒美京平を賛美していた。私は大いに共感。近田春夫の、（これは翌年になるが）『電撃的東京』というアルバムを買ったりしていた。何の雑誌でだったか忘れてしまったけれど、近田春夫さんにインタビューして、（小さなスペースで申し訳なかったけれど）人物紹介的な記事を書かせてもらった。自分の興味や好悪の感覚を仕事の中で生かせる（こともある）――というのが、雑誌ライターの喜びなのだった。

1978

原田治さんのこと

主婦の友社が十代の女の子をターゲットにした新雑誌『ＧＡＬＳ　ＬＩＦＥ（ギャルズライフ）』を刊行するということになった。編集長は赤羽さん。その下に男子部員が三人だったか四人だったか。女子部員は二人。週刊誌くらいの大きさで、タイトル下には当時から若い女の子たちに大人気だったイラストレーター原田治《はらだおさむ》さんが描いた女の子の絵が添えられていた。あとで知ったことだが、原田さんは赤羽さんの高校時代の後輩にあたる人なのだった。

私も赤羽さんに呼ばれて常連スタッフのようになった。『ギャルズライフ』編集部は、ひとことで言って、主婦の友社における治外法権の場のようだった。

編集部は本社の隣りにある主婦の友ビル（当時、一階はファッションや雑貨のストアになっていて、その上階には主婦の友社が主催するカルチャーセンターが入っていた。地下には撮影スタジオがあった）の二階で、ドアをあけると、いきなり壁に大きなプリンス（ロック歌手）のセミ・ヌード写真のポスターが目に飛び込んで来る。雑然と机がいくつか並び、奥にはなぜか、昔懐かしのホッピングがあった。何だかよくわからないが、「解放区」ムード。

読者対象は十代の女の子だったから、恋愛とか友情などはテーマになっても結婚はまだまだ、あんまりテーマにはならない。それは私にとっては幸いだった。「お見合いサークル潜入ルポ」とか「結婚運のあがるおみくじ神社特集」なあんていう、現実《マジメ》的なテーマの仕事をしないですむからだ。

私より四歳ぐらい（？）若い編集スタッフの岡村伸彦さんと組んで仕事をすることが多かった。赤羽さんもそうだが、岡村さんも、イラストレーションや写真などのビジュアル面でのセンスもすぐれていた。私はそんな中で、イラストレーターの上田三根子《みねこ》さんや石川三千花《みちか》さんと知り合い……今に至るまで親しくつきあう仲となった。

私にはちょっとした夢があった。小学校高学年の頃、近所の年上の女の子と雑誌の貸し借りをしていた。私は『少女』だったか『少女クラブ』だったかマンガ雑誌を、年上の子は『それいゆ』という雑誌を毎号とっていて、それを交換しあって読むのだった。

私はその『それいゆ』という雑誌にドップリと、はまった。戦前からの大人気イラストレーターの中原淳一による独裁的な雑誌で、絵も文もファッション・デザインも手がけていた（その弟子の内藤ルネは、私たち小学生の間でも人気があり、ルネ描く美少女イラストのハンカチーフやレター・セットなどはアコガレの的だったのだ。あ、それから松島啓介の絵も、ね。たぶん、私のうちなる少女趣味の原点)。

と、まあ、そういうわけで、『ギャルズライフ』にかかわるようになった時、今の若い女の子たちにとっての、『それいゆ』や『ジュニアそれいゆ』のようなオシャレで愉しい雑誌にできたらなあ——と、私はひそかに思っていたのだった。

表紙の女の子キャラクターを描いた原田治さんとは仕事を通じて、以前から面識があった。シンプルな描線でアメリカ風味の少年少女や犬や猫を描いたポップなイラストレーションを配した文房具や雑貨は「オサムグッズ」と題され、十代の女の子たちの間で大人気。私と同い歳だが、原田さんはその世代のトップランナーのようになっていた。

築地の輸入カンヅメ会社の子だった原田さんは築地近くの明石町にアトリエがあった。いかにも原田さんらしく整然としていて、壁にいくつかの、お気に入りの絵が飾られていた。ベランダに大きな鉢があり、水を張ったところに笹の葉が浮かんでいたりして。原田さんはアメリカ的な明朗でポップな美を愛するいっぽう、江戸趣味の持ち主でもあるのだった。

一九五〇〜六〇年代前半のアメリカ映画が好き、歌舞伎が好き——というので初対面でもついつい話がはずんだ。のちに、原田さんは築地の場外の実家（と言うか、昔、カンヅメ会社だったビル）を改築して、「パレットクラブ」というイラストレーター養成学校にした（私の友人・上田三根子さんもその講師の一人に）。

原田さんは落語も大好きで、「パレットクラブ」に若手の落語家を招んで、寄席の席亭のようなこともした。私も落語好きになっていたから、毎回必ず聴きに行っていた。昭和の頃の日本映画も好きで、市川崑監督の『青春怪談』（一九五五年）を「パレットクラブ」で特別に上映してくれたこともあった。

とにかく関心の方向が凄く似ているのだった。原田さんはデリケートで私はガサツ、という性格の違いはあったものの。

二〇一六年、弥生美術館で原田さんの大規模な作品展があって、私は上田三根子さん、石川三千花さん、浅草のハンドバッグ・メーカーの親友モスちゃんといっしょに観に行って、原田さんともひとしきり談笑した。お元気だった。だから、その年の十一月二十四日の突然の訃報にはビックリした。信じられなかった。無念……。

原田さんの著書『ぼくの美術帖』（みすず書房、二〇〇六年）、そして、原田さんがプレゼントしてくれた古書『小村雪岱画譜』（一九五六年出版、藍の布を貼った表紙、ケース入り、すばらしい描線のさしえの数かず……）は、私の部屋で一番上等な本棚におさまっている。

映画評スタート

『ギャルズライフ』は十代の女の子を対象にしたものだったから、自然と原宿や青山に足を運ぶことが多くなった。「文化屋雑貨店」「ガレッヂ・パラダイス」「シカゴ」「赤富士」「ミルク」、そしてセントラルアパート地下の古着屋の数かず……。そういう所にシャアシャアと出没するわけですよ、三十二歳の私。そういう店のオーナーが、たいてい私と同世代というのも、どこか無意識下で心強く思っていたのかもしれない。

ファッションがらみのページを担当する時は、私より十歳くらい若いスタイリストのコマちゃんと組むことが多かった。彼女はスタイリストの先駆けとして尊敬されている高橋靖子さんの、アシスタントのアシスタント出身。つまり孫弟子。話が面白いので、いっしょに映画を観に行くような仲になった。

記憶はおぼろだが、たぶん、この頃から映画評のようなものが書けるようになっていたような気がする。「売り込み」というのは、まったくやったことはない。担当編集者とよく映画の話をしていたので、自然と仕事が回って来たという感じ。

そうそう。ある雑誌の編集部で一、二度だったか、映画評論家とか作詞家とかの肩書で編集部に出没しているJという若い女の子を見かけたことがあった。オシャレで美人――という印象だけで特に関心も持たなかったのだが、ある日、信頼している編集者（男）が「中野さん、これリライトしてくれないかなあ」と言ってJの原稿を見せたので、私はビックリ。シロウトの原稿のリライト（書き直し）は何度かしたことはあったけれど、ライターを名乗る人の原稿をリライトしたことはなかったからだ。

その原稿を読むと、「ヨーロッパにたびたび行っている、かっこいい私」みたいな自己陶酔的な話で、面白くも何ともない。彼女の名前で活字化されることになるのだろうから、リライトなんてしたくないなあ……と思いつつ、編集者の困り顔にほだされて、リライトを引き受けた。

それからまもなく、他の女性誌の仕事をしているフリー・ライターのSさんと雑談していたら、彼女もまた、Jによって私と同じ目にあっていたというのでビックリ。そして爆笑。

「男ってバカだねー」「若い美人にはイイ顔せずにはいられないんだねー」「自分が書いたものが勝手に書き直されていたら、私なんか大ショックだけれど、そんなこと全然気にしないのかもしれないねー」「ああいう子はサッサと金持をつかまえて結婚して、この業界から去ってもらいたいよねー」「一生、私は〝イケてる女〟と思っていられるんだろうねー」……と、意地悪く盛り上がってしまった。

そのJは、今はどうしているのかなあ。ちゃっかり外交官夫人にでもおさまっているのかも……。

この一九七八年の四月四日には、後楽園球場でキャンディーズの解散コンサートがあった。その日だったか前日だったか、時どき仕事を請けおっていた講談社の女性誌編集部の男子たちがこのコンサートのことをしきりに気にしていたことを思い出す。

私は女の子アイドルには興味はないのだけれど、キャンディーズは好きだった。清潔感があり、三人のコンビネーションも絶妙だったから。当時すでに年輩だった作家・山口瞳さんも『週刊新潮』で「私はスーちゃんを妻にし、ランちゃんを恋人にし、ミキちゃんを秘書にしたい」と書いていて、久世《くぜ》光彦《てるひこ》さんも同様のことを言っていた。私も男だったら、きっと、そんな夢を託しただろう。実生活でも（芸能界では珍しく）仲がよかったというのも好印象。

　映画では何と言っても『サタデー・ナイト・フィーバー』（ジョン・バダム監督）。クリクリ目玉で大きな口。愛嬌たっぷりのジョン・トラボルタに大笑い。愛嬌というのは説明不可能なもの。努力してどうこうなるってものではない。無邪気な顔にチープな着こなし（ウイング・カラーのシャツ、ハイウエストのベルボトム・パンツ）が最高に似合っていた。映画は大ヒット。六本木を中心にディスコがあちこちに。「フィーバー」という言葉も流行語に。

　スティーヴン・スピルバーグ監督の『未知との遭遇』、ジョージ・ルーカス監督の『スター・ウォーズ』も大ヒット。……私は基本的に宇宙物にはあんまり興味がないようだ。『二〇〇一年宇宙の旅』（スタンリー・キューブリック監督、一九六八年）が、いまだに私にとっての宇宙物の最高傑作で、『スター・ウォーズ』は宇宙活劇と呼ぶべきもので、ジャンルからして違う。

コータリさん、イノセさん

この年だったと思うが、漫才のセント・ルイス（厳密には星セント・ルイス）が漫才界に新風を巻き起こしていた。それまでの漫才は揃いのスーツだったのが、セント・ルイスはカジュアルないでたち。長身で不敵な顔だちのセントが毒舌を吐く。「田園調布に家が建つ」というフレーズがヒットして、（後に思えば）漫才ブームの先がけとなった。

この年にはＡＴＭが普及し始めていた。「俺たちに明日はない、キャッシュカードに〝残〟はない」というフレーズもあって、私はキャッシュカードでお金をおろすたび、このフレーズを頭の中で呟き、苦笑。セント・ルイスの二人は、じきにＴＶ界から去り、二〇〇四年と二〇〇五年に、ともに肺ガンで他界。

記憶がおぼろで申し訳ない。高円寺だったか荻窪だったか、とにかく中央線の街で、広島出身の学生たちが「ほうれん荘」と勝手に命名した下宿にタムロして、いろいろ面白いことをやっている——というのを知って、取材しに行った。確か『ギャルズライフ』での仕事だったと思う。

そこはアパートではなく、一戸建ての家だった。昼間で、三、四人の男子学生がいた。当時『週刊少年チャンピオン』で人気があった鴨川つばめのギャグマンガ『マカロニほうれん荘』にちなんだ命名であることは知っていた。

天気のいい日で、縁側で話を聴いた。どうやらメガネをかけた男子がリーダー格のようで、気さくにあれこれ説明してくれた（この男子には、この年だったか翌年だったか、湯沢のスキー場のゲレンデで「中野さんですよね」と声をかけられ、ビックリ。限りなくゼロに近い確率でしょう？　しかも私は化粧なしのスッピン。よくわかったなあ……！）。

話もどって。その男子の隣りに、何とも形容しがたい重厚感（？）のある顔だちで、ドッシリとした体格の男子が座っていた。エッ、この人も学生なの⁈　という感じ。その人物は「コータリと言います」と名乗った。そう、のちの神足裕司《こうたりゆうじ》さんなのだった。

その神足くんは、この六年後、同郷のイラストレーター渡辺《わたなべ》和博《かずひろ》と組んで『金魂巻』（主婦の友社）というベストセラーを生み出した。この本の中で使われた「マル金・マルビ」は、その年の流行語大賞になった（編集担当は私も親しくしていた主婦の友社の村田君）。

何年のことだったか、神足氏が『ギャルズライフ』で働いていたMさん（性格のいい美人）と結婚したのにも驚いたけれど、『恨ミシュラン』（西原理恵子との共著・朝日文庫）などもベストセラーになって、TVやラジオなどでも活躍するようになった中、二〇一一年にくも膜下出血で倒れたのは、ひとごとながらショックだった。Mさんも育児と介護で大変だろうと。幸い、リハビリが効いて、ライターとして復活。陰ながらホッとした。いろいろあるねえ、人生って。

この年だったろうか、大学時代からの友人・土屋氏が「僕の長野高校時代の友だちがフリーのライターになりたいって言ってるんだ。信州大学と明治大学の大学院に行って、カケオチ同然で東京に出て来たんだけど」と言うので、「エーッ、私、全然、役には立てないよ」と言いつつ、新宿の喫茶店で会ってみた。

どうやら硬派のノンフィクション・ライターをめざしているようで、女性誌中心のライターだった私としては協力できることは全然ないなあと思いつつ、ちょうどある女性誌の仕事で人手が足りなかったので、「少しはおこづかい稼ぎになるか」と思って、電話取材の仕事をしてもらった。そんなことしか協力できなかった。

それから半年後だったろうか一年後だったろうか、『週刊文春』に「火曜日の男」と題して当時騒がれていた連続放火魔についての取材記事がその人の名でデカデカと掲載されていた。そう、土屋氏の友人とは、猪瀬直樹氏なのだった。

その後まもなくだったと思うが、猪瀬氏からの電話で「同世代のフリー・ライターの集まりがあるんだ」と誘われて新宿の居酒屋に行ってみると、いわゆる「社会派」の男のフリーライター七、八人がいて、女は私一人だけ。さすがに場違いな感じだったが、いずれも全共闘くずれという匂いがして、少しばかり懐かしく感じた。

ジーンズ・ファッションが多い中で、一人、スーツ姿で座を取りしきっている感じだったのが美里泰伸氏。やっぱり中央大学在学中は学生運動の闘士。同世代の週刊誌の〝社会派〟ライターとしては先頭を切っていたように思う（八三年にはフジテレビの人気女子アナ田丸美寿々と三度目の結婚。八年後に離婚）。

それから数年後、猪瀬氏は『ミカドの肖像』で大宅壮一ノンフィクション賞を受賞。ノンフィクション・ライターの第一線に躍り出た。

確か麻布だったと思うけれど、シャレたビルに事務所を構えたというので土屋氏と見に行った。思った以上に立派でモダンなビルだった。ＴＶの『朝まで生テレビ！』の常連になったと思ったら、石原慎太郎都知事のもとで副知事に。さらに石原氏退任後は知事に――。土屋氏といっしょに都庁の上層階にある知事室を訪問。機嫌よく案内してくれた。土屋氏も私も欲がないというか、昔と何も変わらないので安心なのかもしれない。今回の電撃再婚（二〇一八年四月に婚約発表、十二月結婚）にはビックリしたけれど。

1979

秋山道男事務所で

一九七〇年代最後のこの年。六月だったろうか、主婦の友社の松川君が「面白い人がいるんだよ。アキヤマミチオと言って、これから西友のＰＲ誌を作るのでライターを探しているんだよ。紹介するよ」と言うので、興味を持ってついて行った。地下鉄「外苑前」で下車、当時できたてのファッション・ビル「青山ベルコモンズ」を右折して四、五分、といった所にある中層マンションの一フロア（中はゆったり三部屋）。

そのアキヤマさん――秋山道男さんというのは、メガネをかけた小柄な人で、絶えず冗談を織り込みながらリズミカルにしゃべる。何となくウディ・アレンを連想した。三室のうち二つの部屋を秋山さんが使い、もう一室はイラストレーターの横山忠正さんが使っていた。

それから数日後。秋山さんのその事務所に行ったら、マッサオな地に白ヌキ文字で左右

に大きく「上海」と書かれたＴシャツを着た大柄な女の人がいた。「この人も西友の仕事をするスタッフなのかな」と思うまもなく、その女の人はこう言った。「私、林真理子。よろしく」。

どうやら新人のコピーライターで、糸井重里さんに才能を見込まれていたようだ。

糸井さんは当時すでに有名人だった。コピーばかりではなく、矢沢永吉の自伝『成りあがり』の編集や沢田研二の『ＴＯＫＩＯ』の作詞などで一般にも広く知られていた。全共闘世代のスター的存在。偶然だが、当時の奥さんはスタイリストをしていて、私はその人といっしょに講談社の仕事をしたことがあった。

秋山さんの指揮のもと、ライターとしては林さんと私、カメラマンはサワヤカ美青年の伊島《いじま》薫《かおる》君——この三人が中心になって西友のＰＲ誌『熱中なんでもブック』というのを作った。他の仕事も抱えながら、ほぼ毎日、秋山さんの事務所に行っていた。

秋山さんは次から次へと奇抜なアイデアを思いつく。私は内心、そのアイデアを実際に誌面に反映するのは難しいなあと思いながらも、面白いなあ！　とわくわく。

秋山事務所にはいろいろな人が出入りしていた。糸井重里さんや南伸坊さんや売り出し中のミュージシャンやモデル。隣りの部屋の横山忠正さんのところにはテクノポップ最前線の「プラスチックス」の佐藤チカ、中西俊夫、立花ハジメ（ロンドン帰りだったのか、頭髪はピンクだった）といった人たちが出入りしていた。横山さん自身もサックス演奏の趣味があった。

私は女性誌を中心に仕事をしてきたので、勝手がわからず、とまどうこともあったけれど、何だか面白い世界が開けて来たなあ、と感じていた。

そうそう。秋山さんが外出していたある日のこと、私と林さんは、ここに書くのも恥ずかしい、あるイタズラを仕掛けた。撮影の小道具として入手してあったウンコのリアルなプラスチック模型を秋山事務所のトイレの便器に置いて、秋山さんをギョッとさせよう――という思いつき。

事務所に帰って来た秋山さんは、やがてトイレに入って行った。私たちは笑いをこらえつつ、秋山さんがトイレから出て来るのを見守った。笑いながら出て来るか、それともワザと怒ったフリして出て来るか……？

さすが、秋山さんは違った。ウンコの模型を口にくわえ、ヒラヒラと踊りながら出て来たのだ！　爆笑。私は秋山さんを尊敬した。

秋山さんはその後、チェッカーズ、小泉今日子、内田春菊、「無印良品」などのプロデュースを手がけた。私はだいぶあとになって知ったのだけれど、秋山さんは、二十代の頃はいわゆるアングラ。若松孝二監督や大和屋《やまとや》竺《あつし》監督の映画に一種の怪優として出演していたらしい。その他、さまざまな職業を経て来たようだ。

この『熱中なんでもブック』は好評だったのか、半年後（八〇年のお正月号）にも同じスタッフが招集された。

最初の単行本

秋山さんの事務所は、ベルコモンズ方向と逆の道を行けば、原宿にも数分で行けた。路地の途中に、店名は忘れたけれど、ヨーロッパ調の渋い喫茶店があった。好きだった。表参道では『千疋屋フルーツパーラー』『コロンバン』『レオン』『カフェ ド ロペ』など懐かしい。ライブハウス『クロコダイル』も。地下鉄・表参道駅そばの交番裏の喫茶店（たびたび寄っていたのに名前は忘れてしまった。隣席に美川憲一がいたことあり。最近、店がなくなってガッカリ）など、打ち合わせやインタビューなどでも、よく利用していた。私にとっては、喫茶店が多い町＝いい町なのだった。

何かと青山・原宿に行くことが多くなり、思い切って、その近辺に引っ越すことにした。家賃は十万円以下にとどめたかった。仕事のあい間を縫って物件探し。ようやっと元代々木の四階建てアパート（マンションと称していたが）に決めた。代々木公園駅から地下鉄・千代田線一本で主婦の友社があるお茶の水に出られるし、表参道まで二駅で行けたので。確か家賃は九万円弱。

家主はサラリーマンで、一家は隣りに住んでいた。私の部屋は最上階の四階で、設計上の理由でベランダがやけに広かった。少し高台になっていたので、窓からずうっと遠くまで見渡せた。しばらくしたら、『ギャルズライフ』で知り合ったスタイリストのコマちゃんも家を出て近くのアパートに越して来た。

私はさっそく自転車を買って、渋谷や新宿に繰り出した。「地元の者（ネイティブ）です」感を発散しつつ。ところが、代々木公園わきの坂はけっこうキツくて、原宿方面には自転車ではめったに行かなかったのだけれど。

すぐ近くに八百屋やパン屋や郵便局があるのも便利だった。八百屋のオヤジ（と言っても案外、私と同世代だったかも）が、お金のやりとりをする時、いちいち「ハイ、〇〇〇万両！」と言うのが、おかしいやら、うっとうしいやら。

そうだ……偶然だが、松川君の一家は隣り町に住んでいた。近くで買い物をしていて松川夫人とバッタリ会ったことも。松川君は知り合いのライターやカメラマンを集めて、草野球チームを結成（チーム名はハーバー・ライト）。私は応援およびスコアラーとして駆り出された。「試合のあとでマージャン、つきあうからさあ」と言われて。他の草野球チームとの対戦には大笑い。奇想天外なエラーの連続。けっこうあちこちのグラウンドに出かけて試合をしていた。

ユニフォームが一番サマになっていたのは、スポーツ関係のことに詳しい前野重雄君。荒川区・町屋の子で、町屋のグラウンドで試合したこともあった。数年後、『前野重雄の球界遺産』（集英社）が送られて来た。地元・町屋でスポーツ用品の店『流体力学』を経営しているということを知った。さらに、数年後、私の好きなＴＶ番組『開運！ なんでも鑑定団』にスポーツ用品の鑑定人として出演していた。少し太って頭髪はだいぶ消失。でも、さわやかな笑顔は変わらない。懐かしかった。私のこと、おぼえているかなあ。

松川君は優秀な編集者だった。八〇年代に入った頃、主婦の友社の雑誌部門を離れて書籍部門の編集者になっていて、「アメリカのペーパーバックみたいな体裁の本を作りたいんだよね」と言っていた。その第一弾が林真理子さんの『ルンルンを買っておうちに帰ろう』だった。これが一大ベストセラーに。林さんのその後の活躍ぶりは、皆さん御存知の通り。松川君は「次は中野さんだ」と言って、書きおろしを提案してくれた。第二弾は林さんとはだいぶ違った資質のエッセー集というのもいいのではないか？　と考えていたようだった。

指名してくれたのはありがたかったけれど、私は、三宅菊子さん流の雑誌ライター業らしい文章（気分としては無署名原稿。自分を強く押し出さないタイプの文章）を心がけて来たし、私自身はあまりにも平凡で常識的なので、林さんのようなインパクトのある文章は書けない……と思った。それで、松川君の提案には反射的に「ムリ、ムリ、ムリ」と言ったのだったが……きっと私にも少しは山っ気があったのだろう。「名刺代わりという気持で書けばいいんじゃない？」という友人もいたりして、結局、引き受けてしまった。そして苦労して書いたのが『ウテナさん祝電です』という本。

案のじょう、その本はあんまり売れなかったようだ（こわくて、売れゆきについては松川君に聞けなかった）。それでも、私にとってはライターとしての自分を見直す、いいキッカケには、なったと思う。私は「恋愛→結婚→出産→家庭」という女の王道に関心が薄い――ということは、少しは気づいていたのだけれど、林さんと出会ったことで、だんだんハッキリとわかって来たような気がする。

　私にとって林さんはそれまでに会ったことのないタイプの女の人だ！　と驚いたのだが、実は、世の中の女の人たちの中では林さん的欲望の持ち主のほうが圧倒的多数派らしいのだ。林さんほどの強度や濃度には欠けるものの。

　考えてみれば「恋愛→結婚→出産→家庭」というのは人間社会において根源的な重要事であり、人間ドラマのみなもとでもあるようなものだ。それに関心が薄い私って、いったい何なんだろう。なぜなんだろう。わからない。

　ただ、ハッキリとわかったことは、私は私自身のことについて書くのは苦手だけれど、観た映画や読んだ本、耳にした巷の話などについて書くことには喜びを感じる。おのずから批評性を帯びた文章になるわけだが……専門的知識は乏しいので、気楽で、読みやすさを優先した文章のほうがいい。読者は女の人に限定せず、男の人にも読んでもらえるような文章……というようなことを考えるようになっていた。

1980

八〇年代、新時代の到来？

日付が一九八〇年になった時の嬉しさは忘れられない。もう七〇年代は終わったのだ、八〇年代ということになったのだ——ただそれだけで妙に嬉しかった。新鮮に感じた。七〇年代というのは、（あくまでも個人的な感覚でしかないけれど）何だか重く、薄暗く、生々しく……一言で言うなら鬱陶しい時代のように感じていたのだった。同世代による連合赤軍事件もあったしね。一連の「和製フォーク」が苦手だったせいもあるかもしれない。だから一九八〇と数字が変わっただけで、トンネルから抜け出て突然視界が明るく開けたような気分になった。そんな感慨は初めてのことで、それ以後にもない。

音楽は断然、サザンオールスターズ。七八年に『勝手にシンドバッド』がヒットし、『いとしのエリー』と、たたみかけて来た。その曲調にしても歌詞の言葉遊びぶりにしても、フレッシュな明朗さや軽快さがあった（たった六、七年前の七三年に大ヒットした南こうせつとかぐや姫『神田川』に描かれた若者像とは何という違い！）。

テクノ・ポップもはやっていて、ＹＭＯ（イエロー・マジック・オーケストラ）が俄然注目されていたけれど、私はその面白さはよくわからなかった。ファッションに興味を引かれただけ。

この年の十二月八日。『ギャルズライフ』編集部にいて、ジョン・レノンが狂気のファンに銃撃されて亡くなったというニュースが飛び込んで来て、騒然。ビートルズの熱狂的ファンだった編集部員のＮ氏は大変なショックを受けていた。


この前年、アメリカの社会学者エズラ・Ｆ・ヴォーゲルが書いた『ジャパン・アズ・ナンバーワン』がベストセラーになった。私は読んでいないが、日本の高度経済成長の要因を分析し、高く評価したものらしい。そういう本が書かれるほど、この頃の日本は景気がよかったのだ（最高潮は一九八六〜九一年までのいわゆるバブル景気）。

当時の私は何とも感じなかったけれど、今にして気づく。出版界にもそんなイキオイは確かにあった。新雑誌（ＰＲ誌も含めて）や単行本が続々と出版され、ベストセラーを続々と生み出していた。フリーのライターであっても、「食いっぱぐれる」心配はあまりなかったと思う。雑誌の黄金時代だったかもしれない。とにかく「売り込み」もしないのに、仕事は次から次へと舞い込んで来た。小さい欄だけれど、署名原稿（書き手の名前が、本文の活字より何倍か大きく表示される原稿）もポツポツと書けるようになっていた。

仕事で知り合ったイラストレーターの上田三根子さん、石川三千花さん、笠幸子《ゆきこ》さん、ハンドバッグ・メーカーの（通称）モスちゃん、スタイリストのコマちゃん……などと頻繁に会ってしゃべり込んだり、いっしょに映画を観たり、コンサートに行ったり。みな私より何歳か下なのだけれど、笑いとファッションの好みが似ていた。

そんな中で注目したのが『お笑いスター誕生‼』（日本テレビ）という新人発掘的なコンテスト番組に出演したイッセー尾形。人物スケッチ風の芸が何とも言えず面白く、第一回のライブから、みんなでわくわくしながら観に行った。

やがて、イッセー尾形の同志であり、マネージメントをしている森田夫妻とも顔なじみになった。森田さんの話では、最初に私たちがライブに行った時、イッセーさんともども「テクノが来た、テクノが来た」と驚いたのだそうだ。イッセー尾形と森田さんの知り合いばかりの客席で（当時）超ショートヘアのパンク・ファッションだった私たちは、確かに浮いていたかもしれない。以来、イッセー尾形の公演（おもに渋谷の『ジァン・ジァン』）は欠かさず観に行った。回ごとにどんどん客が増え、立ち見にまでなった。早々と行列に並ばないと入れない。大嫌いな行列も、イッセー尾形に関しては耐えられた。

マンザイ、女子アナ

世の中が、よくも悪くもフワーッと軽く陽気になったように感じられたのは私だけではなかったようだ。ＴＶ界では突如として「マンザイブーム」というのが起きたのだった（あとで考えれば、星セント・ルイスがその先駆けということになるのかも）。中でも、東京発の辛辣でスピーディなマンザイ・コンビであるツービートが爆発的な人気を得るようになっていた。やたらセカセカとした口調で繰り出される、きわどいギャグ（その中で一番ポピュラーになったのは「赤信号みんなで渡れば怖くない」だろうか、「寝る前にちゃんと絞めよう親の首」だろうか）に多くの人びとが大笑い。ネタをまとめた本『ツービートのわッ毒ガスだ』（ワニの本）は一躍ベストセラーに。もちろん秋山道男さんの事務所でも話題になっていた。

　この翌年の一九八一年の元旦から『ビートたけしのオールナイトニッポン』（ニッポン放送の前には多くの〝出待ち男子〟たちが。その中に、のちの浅草キッドの二人も）が、さらに五月からは『オレたちひょうきん族』（フジテレビ）がスタート。フジテレビのアナウンサーやプロデューサーの横澤《よこざわ》彪《たけし》さんやディレクター三宅恵介さんなども登場して笑いを取らせるところも新鮮で、後発のＴＶ局だったフジテレビのイメージアップ（明るく親しみ深い）に大いに貢献したと思う。

　あとで知ったことだが、大阪の吉本興業は、この時期、東京進出に力を入れていたので、『ひょうきん族』は吉本のタレントを全国区的な人気者とすることにも貢献した。私もまた『ひょうきん族』によって島田紳助や明石家さんまや西川のりおを知ったのだった。

　私はお笑い好きの血がたぎり、『ひょうきん族』を毎回熱心に観ていた。一番好きだったのは、やっぱり北野武で、「タケちゃんマン」はそれほどではなかったけれど、「鬼瓦権造」にわくわく。私の中では、いまだに不滅のキャラクター。

「ひょうきんアナ」というネーミングでフジテレビの女子アナがタレント的に登場することもあり、アナウンサーといえども、すましているばかりでは務まらないということになった。要するに女子アナのアイドル化。


この年の春、山口百恵が三浦友和と婚約。引退することを明らかに。武道館でのラスト・コンサート。歌い終わった百恵はステージに静かにマイクを置いて、去って行った。それと入れ替わるかのごとく、新人・松田聖子が『裸足の季節』で華々しくデビュー。微妙にかすれる部分に甘さがあり、男子にも女子にも支持される一大アイドルになってゆくのだった。

私は武田鉄矢が（才能は認めつつも）苦手で、まったく観なかったのだけれど、彼が熱血教師に扮した『3年B組金八先生』（TBS）という連続ドラマが若い子たちの人気を集めていた。その中で生徒役だった田原俊彦・近藤真彦・野村義男が「たのきんトリオ」として、おもに女の子たちのアイドルに。

原宿では「竹の子族」と呼ばれる一団が、独特のファッションと踊りかたで注目の的になっていた。私も取材のため見に行かされた。私には理解しがたい新興宗教の一団じみたファッションだったが、その集団の中から生まれたアイドル沖田浩之はシャープなサッパリ顔で悪くなかった。しばらく俳優として活動し、津川雅彦を師とあおいでいたというのだけれど、一九九九年、自宅で首吊り自殺。三十六歳……。

懐かしいインタビュー

確かこの年の頃からだったと思うが、『主婦の友』に「私の好きな役者たち」といったタイトルの連載エッセーを書いていた。

毎月一人、俳優・女優にインタビュー取材して、その人の魅力について書きつづる——という、私にとっては張り合いのある仕事。

さっそく伊東四朗さんにインタビュー取材。「てんぷくトリオ」の一人として売り出し、『みごろ！　たべごろ！　笑いごろ！』のベンジャミン伊東として人気を集め、この時期は俳優としても面白い味を見せ始めた頃。あるＴＶドラマで冷酷な役柄を演じていたのがとてもよくて、インタビュー取材させてもらった。

実際に会ってみると、おだやかな常識人というふうで、エラソーなところもヒネたところもない、いい人。ますますファンになった。

何人もの人に会った中で、今一番、懐かしく思い出すのは（言い方はあんまりよくないが）脇役専門というふうだった浜村純さん。

世田谷のどの駅だったか、雨の中、傘をさして駅まで迎えに来てくれた。ひょろりと長身でギョロリとした目。脇役でだが、多くの有能な監督たち——とりわけ市川崑監督に愛され重用された、いわゆる「性格俳優」。

御自宅で、奥さんもまじえて話をうかがった。若い頃は左翼系演劇集団に入っていくつかの舞台を踏んだという。ずうっと貧乏暮らしで、一時期は奥さんと共に人形を作って売っていたこともあったという。そんな話を奥さんといっしょに笑いながら語る様子は、何だか楽しく浮世ばなれしている二人——という感じで、とても好もしいものだった。浜村純さんは九五年に八十九歳で亡くなった。

だいぶ前からＴＶドラマは観ないようになってしまった私だけれど、この頃はまだドラマも興味を持っていくつか観ていたようだ。その中で一番懐かしく思い出すのは（八二年の放映だが）ＴＢＳの『淋しいのはお前だけじゃない』。温泉地の演芸場などを回る劇団の話で、女形の役をやっていた矢崎滋という俳優に妙な面白みがあり、注目。取材を申し込んでＴＢＳ前の喫茶店で会ったら、物静かで知的な印象だった。父も叔父も学者で、本人も東大英文科中退というインテリなのだった。うーん、やっぱりそうかと腑に落ちた。当時はまだインターネットがなかったので簡単にプロフィールを知ることはできなかった。世田谷の大宅文庫に行って調べればわかることなのに、ものぐさな私は、あまり下調べもせず、自分の直感だけをタヨリに、いきなりインタビューしていた。恥ずかしいことだ。

翌八一年の上映になるが、映画『遠雷』（根《ね》岸《ぎし》吉《きち》太《た》郎《ろう》監督）に重要な脇役として登場した、蟹江敬三の長セリフのイジケた演技がよかったので、新宿の喫茶店でインタビューさせてもらった。意外や（？）郷ひろみ系のハンサムと言えなくもない風貌。新宿高校卒の町っ子（シティボーイ）だったのね。私はＴＶドラマはほとんど観なくなった中で珍しく、二〇一三年の『あまちゃん』は観ていて、蟹江敬三さんもお爺さん役かあ……と思っていたら、翌年、胃ガンで亡くなった。病気のことはまったく知らなかった私にとっては「急逝」という印象。今はジュニアの一平君が活躍中。

この年だったか翌年だったか、新宿の映画館でアメリカ映画『グロリア』（ジョン・カサベテス監督）を観て大興奮。

舞台はニューヨーク。ギャングのボスの元情婦であるグロリア（ジーナ・ローランズ）が、ふとしたなりゆきから同じアパートに住む六歳の少年と共に命がけの逃避行をするハメに。

エマニュエル・ウンガロのスーツにハイヒールというビシッとキメたファッションで、ギャングから身を守るべく逃げ回り、ここぞという時は、バッグからピストルを出して反撃するわけですよ。年増女のハードボイルド。ほんと、シビレましたね。スクリーンをみつめながら何度も心の中で叫んでいた。「カッコイイ！」

グロリアを演じたジーナ・ローランズというのが、渋くて、ほんとうに素敵なんですよ。女に「渋い」はホメ言葉にはならないようだけれど、ジーナ・ローランズにはスンナリと当てはまる。今調べてみると、彼女は一九三〇年生まれなので、当時五十歳くらいということになる……。俄然、この人が「希望の星」に。私はこの人の、いい感じに人生の疲れをよどませた顔が好き。カッコイイと思う。

ジーナ・ローランズはジョン・カサベテス監督の奥さんでもあって、一九五六年に結婚して以来、離婚することもなし。息子のニックと娘のゾエは映画監督（兼・演者）に——という、アメリカ映画界では奇特な一家。

俄然、ニューヨークへの関心が高まっていった。

1981

アカツカさんとの一夜

ある夜、妙な電話がかかって来た。

「マンガ家のアカツカフジオです」というので、イタズラ電話だなと身構えたら、「あなた、先日、Aという男に会ったでしょ」と言う。確かにある雑誌の取材でその人には会っていた。赤塚不二夫の原案で、当時人気者になっていたタモリや所ジョージが出演する『下落合焼とりムービー』（一九七九年）の関係者のAという同世代の男の人に、インタビューしたことがあったのだ。

それで、エッ、ホンモノの赤塚不二夫?!　と半信半疑で聞いていたら、「そのAがあなたのことを、いい女と言ってるんだよ。映画好きなんでしょ？　今、みんなでビデオ観ながら呑んでるとこ。遊びにおいでよ」と、しきりにすすめる。他の人たちの声も聞こえて来て、どうやら一人ではないらしい。ちょっと迷ったけれど、好奇心に勝てず、タクシー

で赤塚さんのスタジオに駆けつけた（いつも家で着ている厚手のタートルネックセーター＋ジーンズという、あえて、色気ゼロのファッションにて）。

スタジオ（仕事場の隣室らしく、大きなＴＶがあるフローリングの部屋）にはアシスタントだかマンガ雑誌編集者だか、男ばかり四、五人がいた。赤塚さんは、登場した私が「いい女」どころか浮浪少年風いでたちであることに驚き、酒好きでもないことを知り、ガッカリした気配が、確かにあった。私は、そしらぬ顔をしてマンガと映画の話をしていた。赤塚さんは気を取り直したかのごとく、大きなＴＶで（何の映画だったか忘れたが）ビデオをいっしょに観ようと言った。

ビデオを観ていたら、それまで部屋の隅に転がっていた、たこ八郎が這い寄ってきて、私の手のひらをベロッとなめた。私はビックリ。反射的に、邪険に手を振り払ったら、赤塚さんが哀しそうな顔をして「いいじゃないか、なめさせてやってよ」と言った。私はギクリ。まるで十代のマジメ少女のように生硬になってしまう自分が恥ずかしく、情けなかった。

結局、二時間くらい滞在して、タクシーで帰った。妙な一夜だった。

その翌年だったか、渋谷パルコの近くで、たこ八郎がボンヤリと（人待ち顔に？）突っ立っている姿を目撃。

一九八五年の夏、たこ八郎は、神奈川県・真鶴で、酒を呑んで海に入り、心臓マヒで急死。四十四歳。本名は斎藤清作で、有望なプロ・ボクサーだったが、相手に打たせるだけ打たせた後に猛反撃をするというスタイルで、頭部へのダメージが大きく、パンチドランカーになったのだった。私の大学時代、男子たちの間で大人気だった（私も愛読していた）マンガ『あしたのジョー』（高森朝雄原作・ちばてつや画）の主人公・矢吹丈のモデルとなった——という話。私は死後に知った。

この年の秋、新潮社から写真週刊誌『ＦＯＣＵＳ（フォーカス）』が創刊された。硬軟両面にわたって、おもにスキャンダラスな写真で構成された画期的な週刊誌だった。写真に添えられた長めのキャプションというか短めの記事も、新潮社らしく（？）辛辣な面白みがあり、私はわくわくした。

今でも思い出す一場面がある。創刊まもなくの頃だったと思う。夕方のラッシュアワーの時、地下鉄のホームに立っていたら、滑り込んで来た電車の乗客たちの何人もが『フォーカス』を開いて読んでいたのだ。私は『フォーカス』とは何の関係もない人間だったけれど、出版界に生きる人間の一人として、興奮せずにはいられなかった。

八四年には講談社から『ＦＲＩＤＡＹ（フライデー）』が、八五年には文藝春秋から『Ｅｍｍａ（エンマ）』（月二回→週刊誌）、八六年には光文社から『ＦＬＡＳＨ（フラッシュ）』が創刊されたのだが……八六年にビートたけしとたけし軍団による『フライデー編集部殴り込み事件』があり、八七年から二〇〇一年にかけて何誌かは廃刊になってしまった。

「なんクリ」、カフェ・バー

当時、一橋大学の四年生だった田中康夫氏の小説『なんとなく、クリスタル』が八〇年の文藝賞を受賞し、さらに八一年には芥川賞候補になり、単行本として出版されるやいなやベストセラーになった。当時の尖端的ブランドのファッションやショップ名などを、注釈つきで盛り込んでいるところ——人格の内面性なぞ信じずブランドに支えられた人格（の・ようなもの）に注目したところが新味で、ある種の虚無性や時代感覚の鋭さを感じたものの、私としては、あんまり共感は持てなかった。

この年だったか、それとも翌年だったか、ある広めのカフェ・バーのようなところで、誰だったかなあ、それも思い出せないのだけれど、誰かの出版祝いパーティがあった（確か南伸坊さんもお祝いのスピーチをしていたような気が……）。大きなソファに座ってボンヤリしていたら、背中合わせに座っていた男子が「奇声」といった感じの笑い声を発したので、エッ⁉　と驚いて振り返ったら、田中康夫氏だった。何だかよくわからないが「さすが……」と思った。さらに、しばらくして、ロックが流れ、何人かが踊り出した中で、ハーフのファッション・モデル某が、ツルツルの床で一〇センチはあろうかというハイヒールを滑らせ、スッテンコロリン。周辺の人たち、笑うに笑えず凍りつく——という一幕もあり、うーん、なかなか貴重な一夜だった。

そうなんですよね。この頃からカフェ・バーと呼ばれる店が続々と出来始めていたんですよね。その先駆けは西麻布の『レッドシューズ』と言われているらしい。そういう店とは知らないまま、女友だちと二、三度だけれど寄ったことあり。

カフェ・バーや、ちょっと変わったディスコを企画したりデザインしたりする人たちは空間プロデューサーと呼ばれ、オシャレっぽい雑誌でもてはやされ、私もインタビュー取材をしたことがあった。そのトップになっていたのが山本コテツ氏。八七年の話になるが、六本木に『トゥーリア』という宇宙船イメージのディスコが出来たので、某誌の取材で行ってみたのだが……閉所恐怖症ぎみの私にとっては、ちょっとした地獄。窓がないのが息苦しくて……。それからまもなく、天井からの照明落下事故で死者・負傷者を出すという惨事に。

そういえば、その頃だったか、原宿の千駄ヶ谷寄りに『ピテカントロプス・エレクトス』という、ごくオシャレなディスコもあって、秋山事務所で知り合ったイラストレーターの横山忠正さんやカメラマンの伊島薫君も、よく出入りしていたので、ほんの二、三度行ってみた。ピチカート・ファイヴのライブも、ここで見たのだと思う。バルコニー風のところから下のフロアを見ると、オシャレ・エリート然とした若い子たちが踊っていて、私の青春（大学紛争まっただなか）とは何という違い！　と、苦笑い。

ついに森茉莉さんにインタビュー

この年の冬だった。ある女性誌の仕事で、まさに「奇跡的」に森茉莉さんにインタビューすることができた。しかも御自宅で（世田谷の小ぶりなマンションの一室）。インタビュー嫌いなのは知っていたので、おそるおそる電話したのだが、意外にもＯＫしてくれた。マリさんのエッセーでおなじみのマンションの一室（寝室です）で、息つく間もないほど、しゃべり合った。マリさんの名誉のために、ここでは詳しく書かないが、ベッドルームで「そこに座って」と指さされたのが、ベッド脇に積まれた本の山だった――ということだけは書いておきたい。鷗外全集も乱雑に積まれていた。大、大、大好きなパッパ＝鷗外の本なのに。窓ぎわに長嶋茂雄の日灼けしたポスターがさがっていたのもシッカリと確認。

二時間近くしゃべり合っただろうか、マリさんの大好きなＴＶドラマ『銭形平次』の再放送が始まる時間になったので、話を切りあげて帰路についたのだが、「ついにマリさんと会ったんだ。〝東京の秘境〟と言われる、あの部屋で！　私、何だかこのためにライターになったような気がする！」なあんて、一人で興奮しまくっていた。今思い出しても愉快な気持に満たされる。

その前だったか後だったか、作家・村松友視さんの講演会に行ったら、「週刊新潮連載の『ドッキリチャンネル』で、森茉莉さんに悪口を書かれてしまいました。どうやら僕と田中康夫君を混同しているみたいなんですよね」と苦笑していたのが、おかしかった。

そういう部分も含めて、私は森茉莉さんのエッセーが大好きだった。耽美方面のマリさんも好きだったけれど、こわいもの知らずで、自由奔放で、なおかつ決して下品におちいらず、大いに笑わせてくれるところ——要するに「美」と「笑い」に満ちたエッセーが好きだった。

マリさんの文章は、やっぱり特異な生まれ育ちというのを無視できず、私なんかがマネしたりするのは、みっともないことだというのは承知していた。私は私なりの生まれ育ちの中で、形成されて来たものを大事にしたエッセーを書けないものかなあ——と、ボンヤリとだが模索していたような気がする。

森茉莉さんは一九八七年六月六日、八十四歳で亡くなった。新聞に「孤独死」と書かれていたのが不愉快だった。人はみな個体として死ぬのだ、ひとに見守られつつの死ではなかった——というだけで「孤独死」なんて書くなんて、まったく余計なお世話だ！　遺族に対しても失礼なことだ！　マリさんは好きな暮らしぶりを押し通して、みごとに人生の幕を閉じたのだ——と、私は思っている。

六月。フランスで驚くべき事件が起きた。パリの大学に留学していた佐川一政《さがわいっせい》という日本人が同じ大学のオランダ人留学生を自室で殺害し、屍姦のうえ、解体してその肉を食べた。残った部分を遺棄しようとしていたところを見とがめられ、逮捕されたというのだ。

佐川の父は有名会社の社長で祖父は朝日新聞論説委員。生来、虚弱で、成長後の体格も小さかった。事件後、フランスの精神病院に措置入院させられた後、八二年には唐十郎が『佐川君からの手紙』という小説を書いて芥川賞を受賞、八四年に日本に帰国、松沢病院に入院。その後、メディアの一部では有名人扱いされた。私は何かのコラムで、そういう状況に関して批判的なことを書いたのだろう。「佐川君」から抗議の手紙（だったかＦＡＸだったか）を頂戴した。「いい気になるな」「調子に乗るな」といった内容だったと思う。捨てた記憶はないので探せばどこかにあるはず……。

1982

とうとうニューヨークへ

確かこの数年前あたりから『週刊朝日』で女性週刊誌をネタにした批評的コラムや、ファッション誌『装苑』で映画ファッションのコラムも連載していたと思う。

忙しく働いていて、少しばかり貯金もできていたようだ。誰が言い出したのか思い出せないが、イラストレーターの笠幸子さん、スタイリストのコマちゃんと、いっしょにニューヨークに行こうという話になった。一週間だったろうか十日間だったろうか。確か十月だった。

初めてのニューヨーク。空港から地下鉄に乗ってマンハッタンイーストの古びたホテルへ。もう夜だったのだろう。熟睡。翌朝、目ざめて、すぐに窓をあけたら、ゴーッという「街の音」が飛び込んで来た。「ニューヨークに来たんだ！」という実感がドッと湧いて来た。他の二人も同じように窓から顔を突き出して「ニューヨーク！」と叫んで笑った。

毎日、忙しく歩き回った。エンパイアステートビル、グッゲンハイム美術館、セントラルパーク、グリニッジ・ビレッジ……どこに行っても、そこを舞台にした映画が浮かぶ。映画の世界の中に入り込んだようだった。

　夜は、ほぼ毎晩、映画かディスコかライブ。ちょうど『E．T．』が最新作として上映中だった。英語はよく聴き取れなかったものの、わかりやすい話なので、完璧に楽しめた。当時のニューヨークの映画館では後方の客席は喫煙OKになっていた。

回顧上映専門館では『ロッキー・ホラー・ショー』（一九七五年）を観た。客席には、映画の中のように仮装した観客たちがいた。

　当時、グラフィティ・アート（ラクガキね）が流行し始めていて、その中ではキース・ヘリングのラクガキが断然面白かった。ごく簡単な線で描かれた人間の姿。それが古いビルやフェンスなどに描かれている。何の意味もない。限りなくマークに近いもの。それが複数描かれているのを見ると、ポップなマンガ的なものなのに妙に呪術的な印象も受けるのだった。

　有名な書店、バーンズ＆ノーブルをひやかすのも楽しく、画集や写真集を買い込んだ。日本ではめったに見ない光景だが、若い客が床に座り込んで本を眺めたりしていた。

　イーストのホテルは二、三泊で出て、ワシントン・スクエアそばのホテルに移動した。こちらはグッとくだけた雰囲気。ワシントン・スクエアはベンチに座ってボーッとしているだけでも面白かった。日本だったら奇人変人と思われそうな人が何人も見られた。雨の中、ポリ袋を履いて雨靴代わりにしている若い黒人とか、イエス・キリストみたいな立派な風貌のホームレス老人とか、カサを振り回し何事か悪態をついている黒衣のばあさんとか。いわゆるショッピングバッグ・レディー（女のホームレス）とか。

そういう人たちを見ているだけで、私はわくわくするのだった。血が騒ぐのだった。

今はどうだか知らないが、アンティックショップというか古着屋が多いのも嬉しかった。チャイナタウンに近い所だったと思うが、長い髪の毛をレインボー・カラーに染めた女店員がいる古着屋があった。見かけはスゴイけれど、気のいい人だった。

なにぶんにも貧乏旅行なので、たいした物は買えないまま帰国。数日間、余韻にひたっていた。「また絶対にニューヨークに行くんだ！」と心に誓った。

ニュージャパンと逆噴射

この年の二月。永田町にあったホテルニュージャパンが大変な火災事故に見舞われた。一人の宿泊者（イギリス人）がタバコの火をよく消さないまま眠り込んだのが発端だが、防火設備がいいかげんのうえにホテルの従業員の対応もまずく、七階から十階まで大火災に。火の海の中、宿泊客が窓から身を乗り出して救出を待つ——という正視できないような場面もテレビで中継された。結局、死者三十三人という大惨事に。

ホテル経営者の横井英樹は貧しい農家に生まれ、小学生の頃から働き始め、十五歳の頃に上京、十七歳で独立して「横井商店」を設立。第二次大戦の時、軍需関係の商品でおおもうけ。戦後は不動産業も成功し、その豪腕ぶりが世間に知られていた。当時、私なんかでも横井英樹の名前は知っていた。「貧乏えびす」というアダ名があって、その風貌にピッタリだなあと感じた記憶あり。

さすが、そんな人物が経営していたホテルだけあって、防火対策にはオカネをケチっていた。それが大火災につながったのだった。横井英樹は一九九八年に八十五歳で急逝した。あれはＴＶドラマ『ふぞろいの林檎たち』（八三年）のあとだったから、八四年頃だったと思う。女性誌（月刊）の仕事で、毎月一人、興味のある女優やタレントを選んで、その人に似合いそうなシチュエーションと衣装で写真撮影をして、短めの文章を添えるという連載仕事があった。（その後、引退してしまったけれど）高見知佳や、戸川純など好きな女の子を起用できて、張り合いのある仕事だった。手塚理美もその一人だった。

青山の裏通りに写真撮影やパーティでの利用ＯＫという洋館があって、そこで手塚理美を撮影したのだった。あとで横井英樹所有の洋館と知って、ちょっと驚いた。住んでいたわけではなく、カラの建て物だったせいもあるかもしれないが、いい感じにシンプルでモダンな建て物だったので。

ホテルニュージャパンの大火災の翌日、これまた怖しい事故（いや、事件と言うべきか）が起きた。いわゆる日本航空３５０便墜落事故——。

二月九日の朝。福岡空港を飛び立ったＪＡＬ３５０便で、羽田空港に着陸する寸前に、片桐機長が突然、逆噴射装置を作動させる——という信じられない行動に出たのだった。そのため機体は前のめりになって降下。異変に気づいた航空機関士と副操縦士が必死に対応したものの、機体は東京湾の浅瀬に墜落。乗客・乗員二十四名が死亡、重軽傷者百四十九名という大事故に。機長は無事だった。

この機長は以前から異常な言動や操縦が見られたというが、当時のＪＡＬの企業体質からすると、下の者は告発しづらかったという。機長はその後、妄想性精神分裂病と診断され都立松沢病院に措置入院……。

これで一気に「逆噴射」という言葉が流行語に。二年後には漫画家・小林よしのりの原案・脚本、石井聰互《そうご》監督の『逆噴射家族』（八四年）も公開された。ＪＡＬの事件とは関係のない異色のホームドラマ。

石井聰互監督は『狂い咲きサンダーロード』（八〇年）が面白く、インタビュー取材させてもらい、しばらく追っかけ風に観ていたのだが、「最近、全然撮ってないなあ」と思ったら、石井岳龍《がくりゅう》と名前を変えていたのだった。『狂い咲きサンダーロード』で主演した山田辰夫が二〇〇九年に亡くなった（胃ガン・五十三歳）のが改名の理由となっているらしい。うん、山田辰夫、いい俳優だったよねえ。軽くて、ちょっとスネているような、ツッパっているような。懐かしい。

タモリ、たけし

すでに七〇年代末からマニアックな芸で一部に熱烈なファンができていたタモリが、この八二年からフジテレビのトーク番組『森田一義アワー　笑っていいとも！』の司会進行役を担当することに。

深夜番組ではなく昼間、しかも連日の帯番組——というのには意表をつかれたが（横澤彪プロデューサーの考えだったらしい）、タモリは淡々と手がたくこなし、なんと約三十二年間という長寿番組に（二〇一四年に終了）。

いっぽう、ビートたけしも八一年元旦からのニッポン放送『ビートたけしのオールナイトニッポン』が好調で、フジテレビの『オレたちひょうきん族』（こちらも横澤プロデューサー）でも、タケちゃんマンや鬼瓦権造などのキャラクターでファン層をガンガン広げていっていた。

「いよいよ同世代が〝お笑い〟の中心に——」と、私は喜んだ。

それからもう、ザッと三十数年経っているのだ。それでもタモリもたけしもツブレなかった。笑芸人としては、ほとんど奇蹟のようなことではないか。エノケン・ロッパの昔から笑芸人の末路は哀しいものと決まっていたのだ（森繁久彌は偉大な例外だったものの）。

1983

ラフォーレ、DCブランド……

表参道と明治通りの交差点にファッション・ビルの「ラフォーレ原宿」ができたのは一九七八年。最初の頃は二階に資生堂パーラーが入っていて、大きな窓から明治通りを行く人々のウォッチングが楽しめた。

その頃の客層は今よりだいぶ大人っぽく、四階だったろうか、書店が入っていた。スペースがゆったりとしていて、海外の雑誌や写真集の品揃えがよかったので、よく出入りしていた。すでにフリーランスになっていたアナウンサーの楠田枝里子さんや、『風の歌を聴け』で顔写真も出回るようになってしまっていた村上春樹さん（深緑色ポロシャツにサングラス）と、すれ違った一瞬は今もあざやか。ちょっとトクした気分。

その上の階にギャラリー風のスペースがあり、シンディ・シャーマン（アメリカの女性写真家）の作品展を面白く観た記憶あり。街の中で自分をモデルにした写真——いわゆる

「自撮り」。自作自演。今では珍しくもないけれど。

この年だったと思うが、創刊まもなくの女性誌『Ｆｒｅｅ』（編集長は山口百恵の『蒼い時』をプロデュースした残間里江子さん）から声がかかって、女優・高樹《たかき》澪《みお》をモデルにした香港旅行の特集ページを担当した。高樹澪は映画『モーニング・ムーンは粗雑に』（一九八一年）でデビュー。『ダンスはうまく踊れない』という歌が大ヒット。ストレートのロングヘア。ほっそりとしていて、トレンディな雰囲気があった。

高樹澪の女性マネージャー、カメラマン（と助手）、スタイリスト、ヘア＆メイクの人と共にチームを組んで香港へ。高樹澪ちゃんはデビュー前は銀行勤めをしていたとかで、良識があり、マネージャーも気のいい人で、仕事はやりやすかった。プライベート旅行では泊まらないような高級ホテル（確かペニンシュラ）にも泊まれたし、停泊中の豪華客船での撮影もできたし、楽しかったのだけれど、やっぱり、グループ行動より、地味～に一人で原稿書きのほうがラクだなあとも思うのだった。

そうそう、この年の春、千葉の浦安に東京ディズニーランドが開園。何しろ子どもの頃、ディズニーの『バンビ』を観て、しんそこ感動、ウォルト・ディズニーを神様のように思って来た人間なので、おおいに興味を持って行ったのだが……悲しいかな、私はすでにして中年女になっていた。いかにもディズニーらしい遊具やアトラクションは、ちょっとテレくさかった。それよりも、小さなゴミも見逃がさず、どこからともなくスッと現われ、すばやく清掃、スッと消え去って行く清掃係の青年たちのブレイクダンス的な（？）動きのほうに注目してしまうのだった。

「DCブランド」という言葉が定着したのもこの頃だったろうか。私は何と言ってもコム・デ・ギャルソンが憧れの的だったのだが、高くて買えず、古着屋（いや、アンティックショップと言っておきたい）でみつけて買ったコム・デ・ギャルソン（黒地に白の小さな水玉のゆったりしたブラウスと、黒のダバダバしたスカート）をたいせつに着ていた。

八一年からスタートしたテレビ朝日の小林克也『ベストヒットUSA』が面白く、たぶん、この番組で知ったのだろう、シンディ・ローパーとジョー・ジャクソンが特にヒイキだった。女友だちと、さらに、そのボーイフレンドやダンナさんたちと、好きなミュージシャンの来日公演には徒党を組んで（？）行っていた。UB40、ラウンジ・リザーズ、サード・ワールド、デヴィッド・ボウイ、キッド・クレオール&ザ・ココナッツ、プリンス……などなど。コンサートが始まれば、ずうっと立ちっぱなし。体力、あったー。

自分の好みがわかってきた

ラフォーレ原宿のその書店では、おもに早川書房と晶文社の棚をチェックしていた。早川書房から出ていた「異色作家短篇集」シリーズでジェイムズ・サーバー（『虹をつかむ男』など）、ジャック・フィニイ（『盗まれた街』など）、ロアルド・ダール（『あなたに似た人』など）を知って、頭の中でキンコンカンコンと鐘の音がした。「ついに見つけたぞ、わかったぞ、私が一番好きな小説というのはこういうものだったんだ」という喜びの鐘。

それらの小説をどう名づけたらいいのか。とにかく短編で、どこか奇妙であったり、毒気があったり。そのうえ、何とも言えずユーモラスでもあるもの……。彼らはまた、私が好きだった映画の原作者でもあった。

俄然、英米のユーモア作家たちの作品を次から次へと読むようになった。リング・ラードナー、デイモン・ラニアン、ポール・ギャリコ、ドナルド・E・ウエストレイク、ロバート・L・フィッシュ……など。

奇想のプロットで、しかも、登場する人物像がユニークでファニーな魅力にあふれている小説の数かず（とりわけドナルド・E・ウエストレイク。最高！　映画化作品としては『ホット・ロック』『ホワイ・ミー？』『ペイバック』など）。

私、笑わせてくれるものが、どうやら一番好きみたいだなあ。ゲラゲラというよりクスクス笑いを誘うもの。特に陽性の奇人変人が出て来るもの……と、ハッキリと気づかされた。

そうだ、『嫌いなものは嫌い』（晶文社）を買ったのも、その書店だったのでは？　著者はフラン・レボウィッツという若手のニューヨーカー。いくぶん批評性を含んだ短かめのエッセーの数かず。私がエッセイストでも随筆家でもなく、コラムニストという肩書を選んだ理由は、「私もこういうスタイルの文章を書きたいなあ」と思ったからなのだった。

当然のごとく映画も笑いを誘うタイプのものが好きで、長年、ビリー・ワイルダーが神のような存在だった。何しろビリー・ワイルダーは一九〇六年生まれ（小津安二郎監督より三歳下、黒澤明監督より四歳上）という世代の人なので、一九五〇年代の映画は、リバイバル上映で観るしかなかったのだが、『麗しのサブリナ』（五四年）にウットリ。さかのぼって『サンセット大通り』（五〇年）にしんそこ感動。『アパートの鍵貸します』（六〇年）以降は、リアルタイムで観た。

ビリー・ワイルダーではなくジーン・サックス監督だけれど、『おかしな二人』（六八年）でのジャック・レモン＋ウォルター・マッソーのコンビ、最高に楽しめた。たぶん、この映画でニール・サイモン（原作・脚色）の名を知ったのだと思う。劇作家・三谷幸喜氏にも大きな影響を与えた人ね。

回顧上映やビデオでビリー・ワイルダーの初期の作品群を観た――『深夜の告白』（四四年）、『失われた週末』（四五年）、『第十七捕虜収容所』（五三年）、『七年目の浮気』（五五年）、『翼よ！　あれが巴里の灯だ』（五七年）、『昼下りの情事』（五七年）、『情婦』（五七年）、『お熱いのがお好き』（五九年）――と、こう書き写しているだけでも胸が躍る。すばらしい映画の数かず。コメディばかりでなく、シリアスな映画も、独特のあくどさというか毒があって、私、今でも好きです。

そして映画の仕事が増えて来た

いわゆる「売り込み」というのは、まったくせずにいた。自分の何をどう売り込んだらいいのか、わからなかったし、愛想が悪い（らしい。自覚はないのだが）ので、うまく売り込める自信もなかったから――というより単純に面倒くさくて。

「売り込み」はしなかったものの、与えられた仕事は、たとえ無署名原稿でも、あれこれ工夫して面白いものにしようと努めたつもり。つまらないテーマ（というか私にとっては関心の薄いテーマ）でも、何とか私自身の関心に重なるような形に持っていって、面白がって書けるように努めていた――と思う。

だんだんと映画関連の仕事が増えて来ていた。映画批評というより映画紹介で、字数もそんなに多くはない、コラム的なものが多かったけれど。

ある日、「フランス映画社」に雑誌掲載用のスチール写真をもらいに行ったら、対応してくれた川喜《かわき》多《た》和子《かずこ》さんが、「あなたのこれ、よかった。観るべきところを観ていて……」と、私がインテリア雑誌に書いた千字程度の映画評（タヴィアーニ兄弟監督の『父　パードレ・パドローネ』についての評）をホメてくれたので、エッ?!　と驚いた。エッ?!　こんな小さな記事までチェックされているんだ――という驚きとともに、私が感動したポイントは決して的はずれではなかったんだという嬉しさをかみしめた。

ここでちょっと説明が必要だろう。川喜多家と言ったら、日本における洋画配給会社の堂々たる老舗。

和子さんの父・長政さんは一九〇三年生まれ（小津安二郎監督と同い歳）で、青年時代はドイツと北京に留学。一九二八年にヨーロッパ映画を日本に紹介する「東和商事」を設立、社員だったかしこさんと結婚し、夫婦で当時のドイツやフランスの名画を次々と輸入。『会議は踊る』『望郷』『天井桟敷の人々』などズラリと名作ばかり。「東和商事」の歴史はそのまんま日本における洋画の歴史と言っていいようなものなのだった。

和子さんはその一人娘で、バレリーナをめざし十五歳でイギリスに留学。その頃から両親と共に国際映画祭を体験。帰国後は黒澤明監督のもとで映画作りを学び、のちに結婚することになる柴田駿《しばたはやお》さん主宰の「フランス映画社」の副社長として洋画の輸入と上映に努めていた。

と、まあ、そういう名門の人なのだった。ナミの映画評論家以上に映画に関しての見識も情熱もスゴイ人なのだった。そんな人に、とりあえず名前も顔もおぼえてもらえた——それだけで嬉しく、また、身が引きしまる思いだった。

和子さんは、試写が終わったあと、何人か喫茶店に誘ってくれて、映画談議ということも珍しくなかった。私ともう一人（誰だっけ？）誘われて、けっこう長く感想を求められたこともあった。和子さんはレッキとしたお嬢様だけれど、飾り気なく、率直で、気持のいい人だった。

和子さんのもとで働いていた齋藤敦子さんや森遊机君も大変な映画マニアで、のちに映画関係の著書を出版。「フランス映画社」はそんな、尖鋭濃密な配給会社なのだった。

ヨーロッパではなくアメリカ映画だが、ジム・ジャームッシュの『ストレンジャー・ザン・パラダイス』を紹介したのも「フランス映画社」だった。

一九九三年の晩春、母・かしこさんが病気で入院、和子さんは介護もあって大忙し——と聞いて心配していたら、六月七日、なんと和子さん急逝の報。五十三歳。その翌月、かしこさんも亡くなった。映画評論界に「激震走る」と言ってもおおげさではないなりゆきだった。以後、ヨーロッパ映画の新しい才能と出合う機会はガタリと減った……。

1984

私はスキゾ?!

この前年、浅田彰《あさだあきら》の『構造と力――記号論を超えて』という本がベストセラーになっていた。いかにもアカデミックな感じのタイトルなので敬遠したのだけれど、この年に出版された浅田彰の『逃走論――スキゾ・キッズの冒険』は、タイトルのカジュアルさにちょっと興味をひかれて読んでみた。

もはやこまかいところは完全に忘れているのだが、読後の感想だけ言うと「あら、スキゾフレニア（統合失調症）系の人間でもいいのね。今はそちらのほうがデカイ顔していられるかもしれないのね」と、何だか一筋の光が差して来たかのように感じた。

以前、私のマージャン仲間で、精神科医になった女友だちツルちゃんから「中野さんはスキゾフレニアだよね、どっちかというと」と言われたことがあったから。

私は精神医学にはべつだん興味はないのだけれど、パラノイア的な資質（一つのことに興味や関心が集中する。粘り強い）とか躁鬱的なところはほとんどない。その代わり、関心がまとまりもなく、あちこちに飛びがち。根気や粘りに大いに欠ける——という自覚はあって、それが私の劣等感の中核を成していたのだけれど……『逃走論』にザッとだが目を通してみて、エッ?!　そんなフラフラ、キョロキョロした人間であってもいいって言うの？——と、少し救われた気分になったのだった。それを仕事の中でどう生かしたらいいのか——それはまだわからず、手探りだったけれど。

　家を出て九年目。とにかく自分の生活を支えるだけのお金を稼がなくては——と、与えられた仕事は何でも引き受けるようにして来たけれど、どうにかそれはクリアできて、少しずつ、自分の心の奥にうごめいている何か——ほんとうに私が書きたいことって何なんだろう？　それを表現するにはどういうスタイル（おもに文体）がいいんだろう？——といったことを考えるようになっていたと思う。

　女の生き方の王道として、恋愛→結婚→出産→家庭——というのがあるわけで、若い女の子にとっては、その入口として「モテるモテない問題」というのもあって、その問題に関してさまざまな心の葛藤とか策略とか智恵とか悲喜こもごものドラマとかがあるわけだが、どういうわけだか、私はそういうことに興味が薄いようだった（マンガ家の東海林さだおさんの「モテ」への偏執ギャグは大好きなのに！）。

　そもそも「生き方」というのに興味が薄い。「みんな、それぞれ、好きにすれば」でオワリなのだ。私の書きたいことは、もう少し趣味的なことのほうみたいだなあ……とウッスラながらわかって来た。私は自分の「欲望」というものが何なのか、えんえんとわからずにいたのだった。

再びニューヨーク、そしてロス疑惑

十月にまた女友だち（スタイリストのコマちゃん、ハンドバッグ・メーカーのモスちゃん）と三人でニューヨークに行った。十日間。知人の家と、前回泊まったワシントン・スクエアのすぐそばのホテルに宿泊。

あるホールのような所で懐かしの『ヒッチコック劇場』が、確か一日二本というペースで連続上映されるという広告を見て、嬉々として連日、一人で観に行った。私の小学校時代のお気に入り番組だったので。もちろんモノクロ。言葉の壁はキツイものの、だいたい見当はついた。私の記憶を呼びさました作品は二本だけだったけれど。

新作映画の『ターミネーター』というのも一人で観に行った。広告写真を見て興味を惹かれたのかもしれない。近未来物はべつだん好きでもなかったのだが。いやー、最初からグイグイ引き込まれた。何と言っても近未来から送り込まれてきたアンドロイドを演じたアーノルド・シュワルツェネッガーがよかった。私が嫌悪するところの筋肉ムキムキのボディビルダー的体型なのだが、それが（何しろアンドロイドなので）生々しくではなく無機質的な物として描かれていた（衣装、表情）のがよかったのだと思う。ストーリーにはタイム・パラドックス感があったものの、「いやー、面白い物を観た！」と興奮した。『ワンス・アポン・ア・タイム・イン・アメリカ』という三時間弱の長い映画も観に行った。終わって出口へと向かったら、カーペットのシワにつまずいて、柱に顔をぶつけ、転倒。即、左頬のあたりが出血。痛さと怒り（自分自身に対しての？）でドッと涙が噴き出てしまった。黒人のドア・ボーイ（？）がすぐに駆けつけて、私をハグして「イージー、イージー」と背中をさすって励ましてくれた。私、ほとんど五歳児に退行した気分。けっこう、気持よかった〜。

おかげで（？）深夜の帰り道も全然怖くなかった。ケガをした左頬（すでにアザになっていたはず）を手で支え、ターミネーター気分でガシガシ歩いて帰った。

結局、十日間のＮＹ滞在で二十三本の映画を観た。ベスト３は①『ターミネーター』、②デヴィッド・バーン（トーキング・ヘッズ）のライブ映画『ストップ・メイキング・センス』、③『チューズ・ミー』、だった。

そしてこの年、日本のメディアは「ロス疑惑」で騒然。

一九八一年にロスで旅行中の日本人女性が何者かに銃で撃たれ、翌年死亡。夫の三浦和義氏は「悲劇の夫」としてハデにメディアに登場していたのだが……。この八四年に『週刊文春』が「疑惑の銃弾」と題して、夫・和義氏による保険金目当ての犯罪では？　と報道。三浦和義氏はケレン味たっぷりのハデな人で、一気に注目の的になった。

この騒ぎに私も興味津々。何しろロスを舞台に次から次へと怪しい事件が出てくるわ、ミウラはやけに芝居がかった言動を見せるわ、戦前の大スターにして戦後は日活のプロデューサーとして石原裕次郎などをスターにした水の江瀧子の甥だというわ、なおかつ私の同世代だわ、渋谷に「フルハムロード」というアンティックショップを経営していたというわ（友人と「あの通りにあった、あの店じゃない？」などと言い合ったりして）……わが内なるミーハー趣味をかきたてられずにはいられないのだった。

その頃、私が週一ペースで出入りしていた『週刊朝日』でも「ロス疑惑」を追い駆けていた。夜は確かテレビ朝日で利根川裕《とねがわゆたか》キャスターによる『トゥナイト』に『週刊文春』の安倍隆典氏がさかんに出演、ロス疑惑について語っていた。次から次へと出て来る疑惑の数かず……。

ミウラは私と同世代でも、「全共闘世代」というククリとはまったく違った、わかりやすく華やかな悪のヒーローを夢みる男——のように思えた。芸能界好き、メディア好き、ブランド好き（逮捕時はハンティングワールドのショルダーバッグね）……世間の注目の的となり、『コミック雑誌なんかいらない！』（八六年、滝田洋二郎監督）にも出演した。

無実を主張し続けていた三浦和義氏は、二〇〇八年、ロスの留置所で首吊り自殺した（私は、本気だったかどうか疑っているが）。その頃には、すでに六十一歳になっていた。

この時期の私のテーマソングは、シンディ・ローパーの「ガールズ・ジャスト・ワナ・

ハヴ・ファン」。すぐに青山の「パイド・パイパー・ハウス」（八九年に閉店。今や伝説の店と言われているらしい）へと飛んで行って、レコードをゲット。そのビデオ・クリップは十代の頃に観てワクワクした『バイ・バイ・バーディー』（六三年）を思い出させた。『バイ・バイ・バーディー』は大人気歌手（エルヴィス・プレスリーがモデル）が兵役につくというので、お別れイベントが開かれることになり、そのイベントの中でキス獲得権を運よく手にした女子の話。明るくユーモラスで、テーマ曲も楽しい。ヒロイン役はアン・マーグレットだった。

　シンディ・ローパーのレコードには、能天気に元気づけてくれる曲もあれば、しみじみと心を慰めてくれる曲もあり……。来日公演にも駆けつけた。その後、女優としても映画出演するようになった。「一発屋」に終わらず、今でも活躍しているのが嬉しく頼もしい。私にとってはマドンナより断然、シンディ・ローパーなのだった。

1985

『サンデー毎日』スタート

この年の六月だったと思う。毎日新聞社『サンデー毎日』編集部の市倉さんという未知の男の人から電話がかかって来た。それまで連載エッセー（二ページ）を書いていた檀ふみさんが降板するので、そのあと連載で何か書いてほしい――という話だった。

どうやら、市倉さんと親しい『装苑』編集長・秋山さんが私を推薦してくれたらしい。ありがたい話だけれど、週刊誌の二ページ連載というのは初めてのことなので自信がなく、とりあえず「考えさせてください」と言って電話を切った。

私は一介の雑誌ライターで、有名人でも何でもない。そもそもが三宅菊子さんのような匿名的スタイルのライター兼エディターを目ざしていたのだ。すでに世間に顔を知られ、人柄のイメージも定着している有名人だったら、読者はその人の日頃の思いや暮らしぶりについて興味も湧くだろうが、私なんかが同じことをしても誰も興味を持たないだろう。

私は有名人ではないし、また、有名人になりたいとも思っていない。メジャー志向というのは、まったくない。少数の変わり者が面白がってくれれば本望なのだ。そういう前提の中で私にできること、やりたいことって何だろう?

そんなことをガーッと三十分くらい(?)考えたと思う。高校時代からの友人K子に相談してみると「何、迷ってるのよ。やるべきよ!」と言う。

数日後だったかな、毎日新聞社が入っている竹橋のビル内の喫茶店で市倉さんに会った。市倉さんは私より少し歳上のおだやかな顔だち。横浜っ子らしくダンディな雰囲気の人だった。私は緊張しながら、こんなふうなことを言った。

「私は、しみじみと人生の感慨や日々の暮らしをつづるようなことは苦手なんです。自分のことをじかに語るのは気がすすまないんです。それよりも自分が好きなもの——映画とかTVとか新聞の三面記事的な事件とか……そういうことを同好の友だちとオシャベリするような調子の文章しか書けないんです」

うんぬんと、硬《こわ》ばった調子でしゃべり立てたら、市倉さんは、ひとこと、軽く、

「あ、いいんじゃないの」

と笑って言ったので、私は一気に脱力。硬く気張って話した自分が、なんだか幼稚に思えた。

なにぶんにもジックリしたところのない人間なので、一つのテーマで二ページもたせる

のは無理だろうと思った。

そこで考えたのは、一つのテーマではなく複数のテーマを並べることだった。一つの事柄を語るのに八百字くらいの短さが一番書きやすく思っていたので（自称・八百字ライター）、それを少し詳しく長めに書いて、二つ三つ並べれば、一ページ分にはなるだろう――という計算。当時、コラムとかコラムニストとかいう言葉が定着しつつあったので、私としては随筆家でもエッセイストでもなく、あくまでもコラムニストという気持で書けばいいのだ――と考えることにした。もちろん一つのテーマで書きたいことがあったら、その週はそうすればいいし……。

そんなふうにして『サンデー毎日』の連載がスタートした。一九八五年の七月二十一日号。偶然にも七月二十一日は私の誕生日。いちおう、ギリギリ三十代だった。

その頃はまだＦＡＸはそんなに普及していなかったので、原稿を書きあげると、ドンヨリと疲れた顔のまま竹橋の毎日新聞社まで届けに行っていた。私は妙に人見知りなので、おおぜいがいる編集部に行くのが恥ずかしく、二階の喫茶店に市倉さんを呼び出して、原稿を手渡ししていた。

そんな喫茶店での雑談の中で、市倉さんのお父さんと私の父が、昔、同じ新聞社の横浜支局でいっしょに働いていたという事実が判明。

父に電話でその話をすると、「市倉君の息子さんか！」と驚き、喜んでいた。

いつまでも結婚もせず、どんな仕事をしているかもまったく知らせず、たまに実家に帰っても全身で〝私に構わないで〟バリアを張っている娘にヤキモキしていたのが、自分がよく知っていて信頼もしていた「市倉君」の息子と組んで仕事をすることになった――ただそれだけのことでも父にとっては、ちょっとした安心材料になったようだ。

『ニュースステーション』もスタート

『サンデー毎日』の連載が始まったこの年、メディアは豊田商事事件で騒然となっていた。詐欺的な商法で問題になっていた豊田商事の永野一男会長に取材しようと、住んでいるマンションのドア前に多くの取材陣が詰めかけた中、室内にいた会長を、窓から侵入した二人の男が刺し殺したのだった。永野会長は、いかがわしい金脈に絡んでいて、その金脈をあばかれないための口封じだった――という見方もある。

　さらに八月十二日には、日航ジャンボ機が群馬県の御巣鷹の尾根に墜落という大惨事が。亡くなった五二〇人の中には坂本九も。今思い出しても胸が苦しくなる。

　十月にはテレビ朝日で、久米宏をメイン・キャスターとした『ニュースステーション』がスタートした。久米宏はかなり戦略的に新しいキャスター像を模索していたようだ。話し方は言うまでもなく、視覚的な事柄においても。隣りの席の小宮悦子のファッションも見ものになっていた。

　私は自分の中にぬきがたくある分裂的な関心（何しろスキゾフレニアだから）――軟派

なんだか硬派なんだかわからない興味の持ち方をそのままに、『サンデー毎日』のエッセーを書いていたのだが、『ニュースステーション』の久米宏もまた、軟派なんだか硬派なんだかわからないスタイルで、新しいニュース番組を作り上げていこうとしているように感じた。もちろん、あちらのほうが断然、スケール大きく、緻密なものだったけれど。

とにかく、一年間はもたせないとカッコ悪いよなあ、市倉さんにも申し訳ないよなあ……と思いながら連載をスタートしたのだった。

それが何と、もう三十五年も続いている（九〇年二月からスタートした『週刊文春』の、ごく短かい映画評も、もう三十年以上）。自分でも不思議。大病や大ケガをしないで来られたせいか。小学生の頃の通信簿の「行動の評価」欄（三段階評価）ではいちおう「すぐれている」を並べていたものの「持続性」という項目と「協調性」という項目は「ふつう」という評価だった。私自身、自分はあきっぽい人間だという自覚はあった。担任の先生は甘くつけてくれたのだ。ほんとうのところ「おとっている」だったはず。そんな人間が、フト、気がついたら長期連載。ありがたいことです。

おかげで収入も安定。ブランド品にもグルメごっこにも興味が薄く、高校時代からの親友K子と盛んに国内旅行（温泉＋山歩き）をするようになった。

私たちの旅行は、思いっきりいいかげんなもので、ザッと「伊豆方面」とか「信州方面」とか決めるだけで、宿の予約などはしなかった。下車して町の様子を見て、「あそこ、感じよさそうじゃない？」とか言って、いきなり、「今日明日、泊まれますか？」と聞いて、泊まるのだった。そんな調子でも案外、スッと泊まれた。

平日の昼間、山ふところの温泉町や近くの山道を歩くのはなんとも言えず、楽しかった。今でも思い出す、晴天のある日、眠ったような下田の町を二人でトコトコ歩いていた時、突然、うれしさがこみあげて来て、私は「しあわせだわー」と言い、Ｋ子も笑ってうなずいていたことを。

当時、Ｋ子は外務省関連の小さな出版社で忙しく働いていた。ケータイだのスマホだのはない時代だったので、たまに公衆電話などで職場に連絡を入れていた。

とにかく東京を離れ、ひとけが少なく、山や川や温泉がある所に行くだけで、気持がなごみ、胸が広がる気分になる。Ｋ子も同様の気分だったのだろう、お互いスケジュールを調整しあって、二ヵ月に一度はというペースで伊豆の温泉地などを訪ねるようになった。私もＫ子も歩くのは苦にならないほう。山歩きも大いに楽しんだ。

1986

勝どきにお引っ越し

私が住んでいた元代々木のマンションのすぐ近くに、女ともだちのAさんの事務所があった。

Aさんは私より八歳くらい年下で、大手の婦人雑誌の編集者だったのだけれど、出版社を辞め、年下の女ともだちBさんと二人で編集プロダクションを経営するようになっていた。

Aさんたちが勝どき（中央区）へと移転することになったというので、ちょっと興味があり、見に行った。勝鬨橋を渡り切ったところには佃、月島、勝どき、豊海という四つのブロックがあり、全体に文字通り島のようになっている。一般的にはブロックにこだわらずザックリと「月島」と呼ばれている。大学時代に晴海で開催されていた見本市でアルバイトしたことがあったし、そもそも祖父が、明治末から大正にかけて月島の工業試験所だったか水産試験所だったかに勤めていて、父は月島生まれなのだった（官舎があったとおぼしい）。

川があり、海があり、倉庫街がある、さらに昔ながらの長屋が並ぶ路地もある――というのが新鮮に感じられ、Aさんの事務所を見たあと、すぐ近くの不動産屋に寄ってマンション物件について話を聞いてみた。数日後、Aさんのマンションのすぐ近くのマンションを紹介され、見に行った。今からザッと三十年前のその頃でも、いささか年季が入っていた。一九七〇年代にはモダンだったに違いない、ホテル形式の部屋で、ベッドとテレビが備品として置かれていたり、入口のロビーにはゆったりとしたフロントがあったり、ちょっと変わったマンションなのだった。私は気に入って、引っ越すことにした。

ちょうどその頃だったろうか、それともその前からだったろうか、「ウォーター・フロント」なる言葉がさかんに流布していた。実際、私が越して来た一、二年後には、倉庫だったのがトレンディなレストランになったり、つぶされて超モダンな高層ビルになったりしていた。

勝どきに引っ越した当時、晴海方向に面した窓から、南伸坊さん夫妻が住んでいたマンションも見えた。南さんは何かの雑誌で月島のことをムーン・アイランドと呼び、いっぷう変わった風情を短いエッセーで書いていた。それからまもなく生家があった文京区の大塚へと移転。南さんが住んでいたマンションの一帯は、つぶされて、晴海トリトンという高層のビルに。二〇〇〇年には地下鉄・大江戸線も全線開通した。

そうそう。勝鬨橋のたもと近くには、どうやら撮影スタジオがあったようで、銀座方面ゆきのバスに乗っていた時、その近くのバス停で杉浦日向子《すぎうらひなこ》さんが乗り込んで来たのを目撃。ＮＨＫ『コメディーお江戸でござる』に出演されていた頃。他の乗客たちは全然気がつかない様子だったけれど、ファンの私は、チラチラと盗み見。

私が連載を始めた頃『サンデー毎日』には杉浦さんのイラスト・エッセーも連載されていて、父は中野翠さんのエッセーより杉浦日向子さんのエッセーのほうが好きだったようだ。

まだ風情があった頃

物珍しさにかられて、近くを散歩していたら、ごく古びた横長のビルが、ちょっと奥まった所にあった。幽霊屋敷というかビルというか。もしかして、これ、祖父が勤めていた試験所の跡？　と思ったのに、近づいて確認せずに通り過ぎてしまった。何となく気持悪くて。今頃になって、確認しておけばよかった！　と後悔している。今やマンションが建ち並んで、どこが跡地かもわからなくなってしまった。

マンションの近くには戦前からに違いない長屋路地が何本も走っていた。いや、いちおう一軒一軒独立した家なのだけれど隣家とのスキマが極小なので、長屋と言ってもいい状態。たいてい植木鉢を並べている。四季が感じられることもあって、私は今でも、大通りより長屋路地を通ってバス停や地下鉄駅へ行くことが多い。

マンションから歩いて一分くらいのところにバス停があり、その脇には古びた喫茶店があった。喫茶店病の私はたびたび寄っていた。編集者との打ち合わせにも利用した。その喫茶店もずいぶん前……二十年くらい前だったろうか、つぶされて小さめのマンションになった。

ある春のこと。長屋路地の中に、戦前の「防火用水」のコンクリート桶（？）に土を盛って大きな植木鉢代わりにしている家があり、華やかに桜の花を咲かせていた。思わず立ち止まって眺めていたら、そこのおばあさんが出てきて、「これ、何年か前に日比谷公園の植木市で買ったのよ。やっとこうして咲くようになった」と教えてくれた。おだやかで、やさしいおばあさんだった。その家も、防火用水のコンクリート桶も、今はない。何軒かがつぶされて、小さな駐車スペースになっている。

倉庫街や長屋路地は次々とつぶされ、マンションに。生活には便利だが、独得の風情は失われつつある。

確かこの年だったと思うが、『週刊文春』の平尾隆弘さんという人から書評の依頼があった。その打ち合わせということで、赤坂プリンスホテルの喫茶店で会うことになった。打ち合わせの後、ちょっとくだけて雑談になったのだが……初対面なのにあんなに笑わされ、えんえんとしゃべり込んだ「打ち合わせ」は初めてだった。平尾さんと私はまったく同じ年の生まれだったということから、子ども時代の話をしているうちに、平尾さんは大阪の子で、映画やＴＶで子役をしていたという事実が発覚。〝天才子役〟平尾少年が出演していたTVドラマを私は観ていたのだった。「エッ?!　あの時のあの子が平尾さん？」と大いに驚き、笑った。笑いのツボも似ているのだった。

以来、平尾さんは担当部署が変わって行くたびに、仕事を発注してくれた。「私なんかに、そんな硬いテーマの原稿、書けるはずない！」と思ったものの、平尾さんに恥をかかせたくない一心で、頑張って書いた。ほんと、ライターとして鍛えてもらったと思う。

1987

いよいよ同世代、活躍

戦後生まれの、いわゆる団塊世代の人たちがマス・メディアのあちこちで活躍するようになっていたのが、嬉しく頼もしかった。

『サンデー毎日』では、同世代の作家・永倉万治《ながくらまんじ》さん、高田文夫さん、マンガ家・高橋春男さんの連載があり、たまにだけれど顔を合わせるようになった。

永倉さんは埼玉県の志木市の出身で、私の出身地・浦和の隣り町といってもいい所（中学時代、志木から越境入学していた男子が数名、いた）。偶然にも私の連載ページのイラストレーションを担当してもらっていた真鍋太郎さんの高校時代（立教新座《にいざ》高校）の先輩にあたり、二人は旧知の仲なのだった。

浦和というのは東大進学率の高さを誇る浦和高校（旧制・浦和中学）があるということぐらいが自慢の町で、他にはべつだん特長のない町。「東京のベッドタウン」と言われ、

地元意識とか郷土愛とかいうものは稀薄のような気がする。日々の買い物はともかく、たいせつな買い物は東京で——。そんな成育環境のせいか、浦和市民は都会者とも田舎者ともつかない、妙なところがあるように思う。よく言えば「中庸でバランスがいい」、悪く言えば「中途半端でガッツに欠ける」といった感じ？

話は少しそれるが……数年前、調べものをしていたら、大正末の関東大震災（一九二三年）で、都心より地盤がよく緑も多い浦和へと複数の画家が転居。そのため、昭和の初めには「鎌倉文士、浦和画家」と言われるようになったということを知った。そう言えば……と思い当たることあり。子どもの頃にしばらく通った「お絵かき教室」の先生もその一人だったのではないかと。彫りの深いカッコいい顔だちで、口数はごく少ない人だった。七〇年代、私はお勤め生活のあいま、気まぐれに油彩を習いに再び何回か通った。生徒はほんの二、三人だった。私はすぐに才能のなさに気づいて、やめてしまった。しばらくしたら、雪景色の版画のハガキが届いた。「また教室にいらっしゃい」という言葉が添えられていた。それから一、二年後だったと思う。その先生は亡くなった。自殺だったという噂。あの雪景色のハガキ、あの先生としては思い切ってあちこちに送ったものだったのかもしれないと、胸が痛んだ。

話、戻します。永倉さんは立教大学を中退して劇団「東京キッドブラザース」の公演（海外公演も）に参加していたのだが、小説やエッセーで活躍するようになっていた。元気いっぱいだったのに、一九八九年に脳出血で倒れ、闘病生活に。有子夫人（とても素敵な人）の懸命なサポートぶりには頭がさがった。永倉さんは二〇〇〇年に亡くなった。五十二歳。

高田文夫さん、高橋春男さんとは雑誌の対談や座談会で何度か顔を合わせた。高田さんはあの通りのマシンガン・トーク（？）の人。頭の回転も舌の回転も異常に速い。いったい頭の中、どうなってるんだろう?!　という感じ。なおかつ、アイビー系のオシャレ。骨の髄まで「街っ子」。落語好きで、立川談志の「立川流」に入門、立川藤志楼と名乗っていた（言うまでもなく、トーシロー＝素人にちなんだネーミングね）。ビートたけしとは七五年頃に知り合い、意気投合したらしい。

ボソボソ口調の高橋春男氏と、沈黙恐怖症（？）的に早口おしゃべりの高田文夫氏は妙に気が合っていたようだった。フミオちゃんとハルオちゃん。二〇一〇年頃、「春男ちゃん」は謎の廃業。もともと六十歳になったら廃業しようと思っていたらしい。今、どうしているのかなあ。

八〇年代初頭の漫才ブームの中でしぶとく勝ち抜いたビートたけしは『オレたちひょうきん族』をはじめ、お笑い界の頂点に立っていた。この前年の冬、たけし軍団と共に講談社の写真週刊誌『フライデー』の編集部を襲撃、一大騒動となった。世間はいっせいに（と言ったらオーバーか？）『フライデー』をはじめ写真週刊誌批判に走ったかのようだったが……私はシラケた。

写真週刊誌は、フツーの人びとのいくぶんゲスなノゾキ見趣味によってヒットしていたのだった。私は今でも思い出す。フライデー襲撃事件以前のこと。前にも書いたが、『フォーカス』の発売日に地下鉄のプラットフォームに立っていたら、走り込んで来た地下鉄の窓の中、乗客たちの何人もが『フォーカス』を広げて読んでいたことを。雑誌業界に生きている私としてはもう理屈抜きに興奮してしまったのだ。

「お笑い」の世界だって、ある意味、似たようなものじゃあないか。下品、下劣、スレスレのところで綱渡り的に勝負するタイプのお笑い芸人がドーンとウケた瞬間には、やっぱり一種の感動があるものではないか？　大衆を相手にきわどい芸を見せるという点においては、写真週刊誌もお笑い芸人も「同じ穴のムジナ」といったものなんじゃないか？

たけし一人で、ではなく軍団で、というのもいい感じはしなかった。女であるせいか、ボスのために徒党を組んで殴り込み——というのが理解できない、とまでは言わないけれど、拍手を送る気にはなれないのだった。おかげで（？）写真週刊誌ブームは終焉に向かう……。

ワンレン・ボディコン・バブルの時代

この年、出版界は村上春樹の『ノルウェイの森』と、俵万智の歌集『サラダ記念日』が大ヒット。

『ノルウェイの森』は、確かに新しい風が吹き抜ける感じの小説だなあと好感は持ったものの、夢中になるということはなかった。私は小説好きではないのかも……と、自分の批評眼を怪しんだりした。

その頃、私が夢中になって読んでいたのは、英米の（多くは）笑いを含んだ短編小説（もちろん翻訳版）。日本では山田風太郎の忍法帖シリーズ。

当時、映画の試写会場の多くは銀座・新橋に集中していたこともあって、数寄屋橋近くの旭屋書店や銀座の近藤書店に寄って、本を買うことが多かった。両方とも読書欲をかきたてる、いい書店だったのに……今はない。「ばかやろう！」と、誰に向かってだか何に向かってだかわからないまま、呪っている。

巷のファッションでは、体の凹凸を強調したボディコン（ボディ・コンシャスの略）の服が流行、当然、足もとは細いハイヒール。ワンレングスの長い髪をかきわけつつ、大きなケータイ電話を得意気に持ち歩いている女たち……というのが出没。いわゆる「ワンレン・ボディコン時代」。これは、のちにお笑い芸人・平野ノラの持ちネタになった。

この八七年から八九年にかけてが「バブル絶頂期」と言われている。何しろ三菱地所がニューヨークのロックフェラーセンター・ビルを買収しちゃったんだから。ゴッホの『ひまわり』を安田火災海上が五十三億円で落札したんだから。今思うと、スゴイよね。

そういえば、冬のスキー場は大混雑だった。高校時代からの親友・Ｋ子と共に越後湯沢にたびたびスキーに行っていたのだが、不動産好きのＫ子が「思い切ってローンでリゾート・マンション買っちゃわない？」と言い出すようになっていた。

何件か部屋などを見に行って、新築で温泉つきのマンションの一室（というかリビング＋和室）を折半してローンで買うことにした。スキー道具も着替えの衣類もそのマンションに常備したので、手ぶらで行き来できて俄然、ラクチンに。スキーばかりではなく、他の季節にもたびたび利用した。やがて、駅近くの小料理屋や、街道の骨董屋とも顔なじみに。

海外ブランド物、宝石類、高級車などに全然興味がないので、「いいよね、大丈夫だよね、このくらいの贅沢は許されるよね」という気持。基本が、どうも貧乏性なのだった。

そうそう。大事なこと。八五年にソ連の共産党書記長に就任していたミハイル・ゴルバチョフが「ペレストロイカ（改革）」「グラスノスチ（情報公開）」という言葉を掲げ、多くの国民の支持を受けていた。ゴルバチョフはソ連の歴代トップの中では珍しく明朗な顔だちなのもよかった。この一九八七年はロシア革命からちょうど七十年になっていた。当時、外務省のロシア関係の仕事をしていたＫ子は、仕事に直結することなので、湯沢のマンションでも旅先（伊豆の温泉宿）でもＴＶニュースを気にして観ていた。

韓国、そして大乃国

そうだ……この年の初秋。Ｋ子と一週間弱だったと思うが、韓国旅行をしたのだった。例によって行きあたりばったり的な旅。ちょうど翌年にソウル・オリンピックが控えていたので、ソウルの街並や地下鉄にはオリンピックのポスターが目立った。

当時の日本と韓国とでは、かなりの経済格差があったように思う。私たちは旅先なので動きやすく着慣れた服を着ていたのだが、一目で日本人と見抜かれてしまうのだった。小さめのバッグを斜めがけしていたのも、物珍しく感じられたようだった。

ソウル市内の観光地を歩いていると、中高年の中には、露骨に冷たい視線を送って来る人がいたけれど、若い男の子たちは屈託なくカタコトの日本語で話しかけて来た。日本に興味を持っていて、そのうち日本製品を扱う事業をしたいと、まっすぐな目で語る。その前向きでエネルギッシュな口調にちょっと圧倒された。

今はどうだか知らないが、当時のソウルはタクシーの相乗りというのが普通で、私たちが乗り込んだタクシーに、一人の若い男の子が相乗りして来たことがあった。タクシーの中で、結構こなれた日本語で話しかけて来た。生マジメな優等生タイプの男の子だった。日本人の女の子と文通しているとのことだった。結局、その子と半日近く、いっしょに観光することになった（翌年だったか、その子が来日。連絡を受けて、渋谷の喫茶店で会ったら、どうやらその文通相手に失恋したらしく、日本嫌いになっていた……）。

ソウルにはあまり興味がなく、地方の町を歩くほうが面白かった。道に迷うと土地の人に聞くわけだが、その頃は、中高年の男の人の中に日本語がわかる人もいた。

どこの町だったか忘れたけれど、夜に外出したら、若い女の子たちがパジャマ姿で歩いていたのでビックリ。どうやらそれはハヤリのオシャレのようだった。

その後、九〇年代に韓国にもう一度、行く機会があった。日本では「韓流スター」がもてはやされる時代になっていた。いっしょに行った友人がお金持（なおかつ歩くのが嫌い）だったので、高級ホテルに泊まり、高級料理屋で食事をすることとなった。東京に居たって、やろうと思えばやれること。「旅情」、なし。

この年の流行語をチェックしてみると、「パソコン」「システム手帳」「フリーター」「ボディコン」……といったぐあい。時代は何だかフワーッと軽く、遊戯的になっていたのだった。この流行語の中で自分に当てはまるのは「カウチポテト族」というのだけ、というのがちょっと笑える。

こんなことを書くと、「ものほしげ」でイヤだが……今にして思えば出版界も結構バブリーで、執筆先の出版社からたびたび「接待」された。「接待」と言っても、私は酒好きでもグルメでもないので、比較的安あがりの「接待」だったはずだが。

さて、どうした風の吹き回しか、久しぶりに相撲に注目するようになったのも、この頃。千代の富士と北勝《ほくと》海《うみ》が圧倒的に強かった中、私は大関の大乃国が好きになり、一戦一戦、ハラハラドキドキしてＴＶ中継を観るようになっていた。子どもの頃はキビキビとした栃錦のファンで、熱心に観ていたものの、その後は長い間、興味を失っていた。いわゆる「アンコ型」の力士を応援するのは初めてだった。

仕事で外出した時も、ＴＶのある喫茶店というのをマーク。そこで相撲中継を観るようになっていた。この年の秋場所、ついに大乃国は横綱に。大乃国は元・大関だった魁傑《かいけつ》（両国駅ホームで見かけたことあり）の放駒《はなれごま》部屋にいたんですよね。元をたどれば魁傑が好きで大乃国ファンとなったフシもある。

K子も大乃国ファンとなって、二人して初めて両国の国技館へ。独得の、ゆる〜い空気が楽しかった。ちょうど私はキモノ好きになり始めていた頃。がんばって自分で着付けをして行った。翌八八年の九州場所の千秋楽では、五十三連勝していた千代の富士に怒濤の寄りで勝ったのよね。今は芝田山親方ということに。

1988

絶唱――美空ひばりのコンサート

一年はもたせなければ、と思ってスタートした『サンデー毎日』連載コラムも、すでに三年が経っていた。最初の担当編集者だった市倉さんは他の部署に替わり、鳥越俊太郎さんが編集長に。鳥越さんは長身のスッキリした顔立ち。原稿書きの時は長髪をゴムの(?)ヘアバンドで抑えていて、異彩を放っていた。私より六歳上の九州男児。『サンデー毎日』の前はテヘラン特派員だったという。いかにもキレモノという感じなので、おそるおそる喫茶室で顔合わせをしたら、ごく気さくな、飾り気のない人だった。「ウチの娘が中野さんのエッセーの愛読者なんだよ」と聞かされて、お世辞でも嬉しかった。

この翌年、『サンデー毎日』は当時の首相だった宇野《うの》宗佑《そうすけ》氏の愛人問題を報道、一大騒動に。それもあって、参院選で自民党は大敗。宇野内閣を退陣へと追い込んだ。

まもなく鳥越さんは毎日新聞社を退職、この先どうするのだろうと思っていたら、「鳥

越俊太郎を励ます会」といったパーティがあり、私も招かれて行ってみた。小ぢんまりしたスペースに有名人多数の立派なパーティだった。三雲孝江さんをはじめTV界の人も多数。スッキリとしたスーツ姿の岸惠子さんの脚線美に目を見張ったりして。確か久世光彦さんの姿もあったと思う。

それからしばらくして、鳥越さんはTVのニュース番組のキャスターに――。

この年、忘れられないコンサートがあった。前年から体調不良（実は肝硬変）で入院し、退院後は自宅療養していた美空ひばりが、この年の四月十一日、東京ドームで「不死鳥コンサート」を開催するということになったのだ。マガジンハウスの編集者がチケットを取ってくれて、いっしょに観に行くこととなった。

いやー、あとで考えれば奇跡のコンサートだった。東京ドーム周辺には全国各地からの熱烈ファンたちが詰めかけて、始まる前から異様な空気に包まれていた。やがて真紅のドレス（森英恵デザインの〝コクリコ・ドレス〟）で登場のひばりは、明らかに痩せ衰えていた。にもかかわらず、何か余分なものはすべてそぎとられて、「精」のようなものだけ残ったかのような透明な美しさを漂わせていた。

次から次へと歌われる懐かしい歌の数かず。あらためて名曲揃いと思わずにはいられなかった。客席は興奮、溜息、そして掛け声。私は涙を抑えること、たびたび。

そんな自分に驚き呆れた。子どもの頃、私もひとなみに美空ひばりの歌が好きだったのだが、十代の頃からは、ひばり嫌いの父に感化されて、敬遠気分になっていたのだった。そもそも、東宝の三人娘シリーズの映画（美空ひばり、江利チエミ、雪村いづみ）でも、私は雪村いづみが一番好きだった。

それが、突然、ひばりの歌に涙しているのだった。まるで昔からの大ファンであるかのように。そのくらい、このコンサートは胸を打つものだった。

全曲、歌い終わったひばりは、赤くて長い橋状のフロアを一歩一歩、退場して行った。

「これが最後」と、みな感じていたと思う。

美空ひばりは、このコンサートの翌年の六月二十四日に亡くなった。五十二歳。

椎根さんとの再会、『Ｈａｎａｋｏ』の時代

この年の春。「マガジンハウスの椎根と言います。ちょっとご相談があって……」という電話があった。私はその名に心当たりがあり、さっそくマガジンハウス近くの喫茶店で会うことになった。

一九六九年の章で書いたように、椎根さんとは一度会っていたので、ほぼ二十年ぶりの再会。椎根さんは昔とは一変、短髪に紺のスーツに変わっていた。私は「昔、一度お会いしたことがあったんです」と言ってみたけれど、記憶にはないようだった。

椎根さんは『サンデー毎日』連載の私のコラムを読んでくれていて、新雑誌『Ｈａｎａｋｏ』の巻末コラムに指名してくれたのだった。あとで知ったことだが、椎根さんは『ポ

パイ』編集者時代、無名だった近田春夫さんや泉麻人さんを起用した人でもあった。私は喜んで引き受けた。『サンデー毎日』の読者の多くは男の人だろうが、『Ｈａｎａｋｏ』は女の人（なおかつ私より若い）。女同士として共有できる事柄も、また、たくさんあるのだった。

この当時、『週刊朝日』でも短いコラムを連載していた。女性週刊誌で興味を惹かれたゴシップを、ザッと紹介しつつ、ちょっとしたコメントを加えるというもの。週一度、『週刊朝日』編集部に行って、そこの机で女性週刊誌（四誌）に目を通して、書く。その頃は『女性セブン』が一番、トバシていて、面白かった。

当時の新聞社や出版社の編集部ではタバコは喫いたいほうだい。電話の鳴る音。話し声。つけっ放しのＴＶの音。笑い。たまに怒号……。今にして思えば独得の、ワサワサ、ザワザワした雰囲気。いったい、いかなる因果か、私はそういう雰囲気が好きなのだった。元気が出るのだった。パソコンはまだ一部でしか使われていなかった。

九月。入院中の昭和天皇が危篤状態に。「下血」という言葉が、たびたび使われるようになった。世間は、ほぼ自発的に「自粛」ムードに。私のような末端ライターには見当もつかなかったが、メディア各社は、すでに、「いざ」という時のマニュアルをこまかいことまで具体的に想定しているようだった。

「アグネス論争」って？

さて。今さら書くのは気がすすまないのだが……けっこう大騒ぎになったので「アグネス論争」についても触れておかなくてはならないだろう。

八六年末、タレントのアグネス・チャンと夫（元・マネージャーで、のちにトマス・アンド・アグネスなる事務所の社長となった金子力氏）との間に第一子が誕生。八七年からはテレビ局からのすすめもあったとかで、赤ちゃんをおんぶして仕事先のテレビ局へ。

それを誇らしげに語り（国会にまで招ばれて演説）、子連れ出勤を促進するようなメッセージを送るようになったのが鼻につき、ついつい批判的なことを書いたら、たちまち上野千鶴子先生はじめフェミニズムのかたがたが騒ぎはじめ、「アグネス論争」と呼ばれるほどの騒ぎに。

べつだん子連れで働くことには異議はない。昔の女の人たちは背中にオンブ紐で赤ちゃんをオンブしながら働いた。電車の中で胸をはだけてオッパイをやっているお母さん——というのを何度も見かけたことがある。駅や社内や公的なホールなど、有料無料の育児スペースが増えるに越したことはない。

アグネス・チャンほどの有名人で、高収入で、蓄財にもたけているという噂の人が、なぜ、わざわざ子連れ出勤（？）したがるのか？　しばらく仕事は抑えて育児に専念することだって、ベビーシッターを雇うことだってできるはずではないか？　仕事も育児もがんばっている私——というアピールとしか、私には思えなかった（まさか、テレビ局の控え室は無料の託児室代わりに使えるわ――なあんていうことはないよね?!)。

たどたどしい日本語が愛らしい清純歌手が結婚・出産して、俄然、母性イメージを前面に出して来た――という印象もあった。夫となった人は有能な元・マネージャーだしね。私も意地が悪い人間らしく、子連れアピールはイメージ戦略の匂い濃厚と感じたのだった。清純アイドルから、たくましい子育てお母さんイメージへと。

フェミニズムの論客たちは、アグネスが芸能人だということ、人気商売だということがわかっていない。いや、わかったうえで利用したのかもしれないが。

うっとうしいこと、このうえなかった。たぶん……アグネスというよりも夫の金子氏のイメージ戦略の勝利ですね。したたか。

映画評の仕事が増えて来たのが嬉しく、試写会にはせっせと通っていた。この年、面白く観たのは、『マイライフ・アズ・ア・ドッグ』『八月の鯨』『さよならゲーム』『都会のアリス』『フルメタル・ジャケット』『ベルリン・天使の詩』『サムシング・ワイルド』『月の輝く夜に』『赤ちゃん泥棒』『ロボコップ』『ブロードキャスト・ニュース』『ダーティハリー5』『タッカー』など。

邦画では、何と言っても『ドグラ・マグラ』。これについては話が長くなるけれど……大学時代に下級生の坂入《さかいり》君というのが、「これ、凄い小説なんですよ」と言って貸してくれたのが、当時でもすでに古書という感じになっていた『ドグラ・マグラ』。奇妙なタイトルも好もしく、帰宅してすぐに読み始め……ガーン！　私の読書体験の中でも（たぶん）最も鮮烈で、濃厚なものとなった。つい最近、坂入君（と言っても今や初老だが）に会ったら、「中野さんだったら面白がってくれるかなと思って貸したんだけど、何だかグニャグニャな本になって返って来た。夢中になって読んだというのはわかったけど……」と苦笑。私は平あやまり……。

坂入君から借りて読んだ二、三年後。『夢野久作全集』（全七巻。三一書房）が出版された。編集担当は、大学在学中から知り合っていた先輩の三角氏だったと思う。

というわけで、映画化には驚き、大いに関心を持って観たのだが、うーん……美術・セットは期待を裏切らなかったものの、キャスティングにいささかの不満あり。呉一郎は松田洋治ではなく小林薫（もちろん若き日の）あたりにしてもらいたかった……。とこう書いているうちに、ああ、もう一度『ドグラ・マグラ』を読み返したいという気持がムラムラと……。

1989

激動する世界

一月七日の朝、七時頃だったと思う。友人といっしょにやって来ていた越後湯沢のスキー・マンションの電話が鳴った。その瞬間、「あっ、とうとう」と思った。案のじょう、文藝春秋の平尾隆弘さんからの、天皇崩御の知らせだった。

前年九月に天皇陛下が「危篤」と伝えられて以来、百日余りになっていた。その間、メディアは一種の緊張状態の中で、「その日」に対応するべく報道態勢を整えていた。当時、平尾さんは『文藝春秋』の編集者。平尾さんとは、その日が来たら、追悼原稿を書くという約束をしていたのだった。

窓の外は晴れていた。青い空に白い山なみが朝日を受けて輝いていた。すぐに同行の女友だちK子に話を伝え……「でも、まあ、こんなにいい天気なんだもの、ひと滑りしてから帰ろうか」ということになった。ゲレンデに立って、「昭和最後の日ということになる

んだなあ」という思いをかみしめた。すみやかに、新しい元号は小渕官房長官によって「平成」と伝えられた。

翌八日は日曜日。東京は四十日ぶりの雨。小雨だった。皇居前広場に行ってみると、奥のほうに記帳のためのテントがあり、おおぜいの人たちが黙々と列をなしていた。雨で湿った玉砂利のザッ、ザッ、ザッという音ばかりが響いていた。その日、銀座はネオンを消して、午後六時でもマックラだった。TVは「自粛」ムード。二日間、CMは流されなかった。

崩御後、各地で昭和天皇のあとを追う、いわゆる殉死者が何人か。多くは戦争体験のある高齢者。その胸中、いろいろ想像させられた。その中に三十代で割腹自殺する人もいたのには驚いた。

この年、二月には手塚治虫、六月には美空ひばりという、それぞれの世界で戦後昭和の「巨星」だった人があいついで亡くなった。まるで、はかったかのように。

夏には中国で天安門事件があって、私は少なからず衝撃を受けた。

四月に民主化支持者だった胡耀邦《こようほう》（前総書記）が亡くなったのをキッカケに、改革を求める学生たちを中心に、約十万人（！）の人びとが天安門広場に集結。その動きは各都市にも波及して行ったため、共産党当局は、五月には北京市に戒厳令を出し、六月には戦車まで繰り出してデモ隊を鎮圧。多くの人びと（英米メディアの伝えるところによれば一万人）が殺害された。

戦車の前に一人、武器も何も持たず、立ち向かう青年。それに気圧《けお》され、突っこんで行くことができず、右に左に向きを変える戦車——という映像は今でも忘れられない（あれから三十年後の今、香港でも同様の攻防が伝えられている。さすがに戦車は出てないが）。

秋にはドイツの「ベルリンの壁」が市民たちによって、明るく誇らしげな笑顔で破壊された。私は一九七二年にドイツ（おもにベルリン）に二ヵ月ほど滞在し、東ベルリンにも三回だったかな、入ったことがあったので、おおいに関心を持ってニュースを見ていた。その後、ナダレのごとく東欧の国々も「民主化」「自由化」へと向かう。九一年には御大《おんたい》ソ連邦も崩壊。社会主義の夢は、おうおうにして独裁国家という方向になってしまうものなんだな——と、元「左翼」の私も思わずにはいられなかった。マルクス主義者が考えるほど、人間というものの本性というか性《さが》というのは甘いものではなかった……。

宮崎勤。そしてイカ天

前年の夏からこの年の夏まで、幼女の誘拐殺人事件（四件）があいついだ。私は週一回、『週刊朝日』編集部に行って、そこで原稿書きをしていたのだが、この年の二月と三月に「今田勇子」という名で「犯行声明」や「告白文」が被害者宅と朝日新聞本社に届いていた。危険をおかしてでも自己顕示したいのだろう。なんでサッサとつかまえられないんだあ?!　とイラついた。

最初の事件からほぼ一年後の、この年の七月、ついに犯人の名前が判明。幼女を狙って全裸写真を撮っていたところを、幼女の父親によって取り押さえられ、警察に通報されたのだった。やがて、そのイタズラ男＝宮崎勤（二十六歳）こそ一連の事件の容疑者ということになった。東京・西多摩の地域新聞経営者の子。比較的、裕福な家庭だった。

犠牲になった少女たちの遺族は言うまでもないが、宮崎勤の家族、親類もまさに地獄の苦しみ。地元の名士だった父親は、被害者遺族への賠償金を支払い、五年後に自殺。宮崎勤は二〇〇八年に死刑が執行された。

この事件で何と言っても忘れられないのは、宮崎勤の部屋をとらえた写真。棚におびただしいビデオとマンガ（その数、六千点近くか）を並べていて、窓も何も見られない密室状態、さらに万年床。外界、完全シャットアウトの暮らし。そんな中で犠牲になった少女の遺体も切断していたのだ。

彼にとって「他者」「世間」「社会」って、いったいどういう感覚のものだったのだろう。死刑判決がくだされたあと、『夢のなか、いまも』というタイトルの本（創出版）が出版されたが、あの無表情な顔は確かに「夢のなか」にいるようだった。

この年、TBSテレビで、土曜深夜の『平成名物TV　いかすバンド天国』――略して『イカ天』がスタート。毎週十組ほどのアマチュア・バンドが次々と登場、オリジナル曲を披露し、審査員たちに判定してもらうという番組で、司会進行役は三宅裕司、私は一気にこの番組のファンに。

私が応援（?）していたのは、『ＦＬＹＩＮＧ　ＫＩＤＳ』『人間椅子』『宮尾すすむと日本の社長』『ＢＥＧＩＮ』『たま』『セメントミキサーズ』など。

『ｒｅｍｏｔｅ』の池田貴族君も面白く、心惹かれるところあり、ナマのお姿を見るべく原宿のホコ天に行ったら、ｒｅｍｏｔｅという字が、当時ハヤリのファッション・ブランドだったレノマ（ｒｅｎｏｍａ）の字体にソックリだったのが、おかしいやら、かわいいやら（十年後の九九年、肝臓ガンで亡くなった。三十六歳になっていた）。

どういういきさつだったか忘れたけれど、『イカ天』のある回の収録を見物させてもらえることになり、ＦＬＹＩＮＧ　ＫＩＤＳの浜崎君とのツー・ショット写真を撮ってもらったり、セメントミキサーズの鈴木常吉君（なんか雰囲気が大学時代からの友人・呉智英先生と似ているんだよね）と親しくなったり。面白い、いい番組だったじゃないの。復活してもらいたい。『令和名物ＴＶ　いかすバンド天国』として。


そうだ……この何年か前、若い女友だち（マンガ家）が、『ガラスの仮面』（美内すずえ）という大河少女マンガの単行本を「絶対、面白いですよ」と言って何冊も貸してくれて、内心、エーッ、少女マンガは苦手なんだけどなあと思いながら読み始めたのだが……これが大変な傑作でビックリ。女同士の、すばらしい好敵手物語。一九七六年から今も続いているという、奇跡のような大河ロマン。

この年（前年だったかも）、それが舞台化（確か新橋演舞場）されることになったというので観に行った。ヒロインの北島マヤを大竹しのぶ、ライバルの姫川亜弓を藤真利子が演じていて、なかなかピッタリのキャスティングだなあと思った。観客席の背後に橋本治さんが座っていた。「さすが橋本さん、見逃がさないね」と、リスペクト。

映画では、『バグダッド・カフェ』。ドイツ人の太っちょオバサンが夫と共にアメリカ旅行をしていたのだが、途中でケンカになり、一人でフラフラ歩いているうち、ふと立ち寄ったカフェ（店名がバグダッド・カフェ）の人たちと親しくなり、やがて居ついてしまうという話。バックに流れる「コーリング・ユー」という曲も、何だか風に吹かれてさまよう感じがあり、胸にしみた。

一人暮らしだというのに、「ああ、私も一人になりたい、一人旅したい」という気持になってしまった。翌朝、早起きして、千葉へと日帰り旅行。とりあえず目的地の千葉の海辺の町・御宿《おんじゅく》（大学時代に行ったことがある所）をめざして、外房線に乗った。頭の中で「コーリング・ユー」を歌いながら。

天気がよくて、海はコバルト・ブルー、砂浜はサンド・ベージュ。そこだけ見れば「おフランス」。さっそく砂浜で昼寝。大学のサークル仲間たちと来た時のことを断片的に思い出す。あの時のみんな、今、どうしてるのかなあ、私は何も変わっていないみたいなんだけど。いまだに学生気分でいるんだけど。生涯不良学生気分みたいよ……なあんてことを思っていた。

勘三郎さん

中村勘三郎さん（十八代目）と知り合ったのも、確かこの頃。まだ勘九郎を名乗っていた。女性誌の対談企画で顔を合わせ、自分で言うのもナンだが、気が合い、話がはずんだ。いや、私ばかりではなく勘三郎さんと話をした人は、みな、そう感じるのではないか。

中村勘三郎さんの本名は波野哲明《のりあき》で、親しい人たちからは「ノリちゃん」と呼ばれていた。子どもの頃からもう勘九郎の名で映画やＴＶに出演して「カンクローちゃん」と親しまれていた。

私は仕事を通じて、先代・勘三郎さんの代から波野家に信頼されていたエッセイスト・関容子さんと知り合った。そのこともあって「ノリちゃん」のほうの勘三郎さんとの距離も近いものになったのだった。勘三郎さんは天真らんまんなところと、案外クールで大人びたところと、両方あったように思う。

平成に入ってからの話になるが、勘三郎さんは、私が中村歌右衛門さんの崇拝者であることを知ると、歌右衛門さんに私の話をして、楽屋で会うだんどりをつけてくれた。

歌右衛門さんはすでに晩年。歌舞伎座の広い楽屋で鼻に酸素吸入のチューブを装着しているという状態。弟子たちがキチッと正座してシンとしている中、私はペラペラペラペラ、歌右衛門さん愛を並べたてた。歌右衛門さんは終始、微笑されていたが、内心「妙なのが来たわね」と思っていたに違いない。

帰りがけに、いろいろなファン・グッズ（?）をいただいた。自筆の絵の入った扇子や舞台写真など……。

勘三郎さんは、ほんとうに人好きだった。人と人をつなぐのが苦にならないというか、好きなのだった。だからこそ多くの人に愛された。落語界で私が一番好きだった古今亭志《ここんていし》ん朝《ちょう》さんと会食できたのも、勘三郎さんのおかげ。〝元気のかたまり〟のようだった勘三郎さんが、五十七歳で逝ってしまうなんて（二〇一二年）！　私は何の「お返し」もできなかった……。

1990

八百字ライターのつもりが……

この年の二月から『週刊文春』の「シネマチャート」の選者の一員になった。毎週二本の映画について、短い映画評と三段階（現在は五段階）の星印をつけるという仕事。

そんなに簡単に映画を〝採点〟するのは気がひけるものの、「シネマチャート」は、それまで一読者として興味を持ってチェックしていたし、複数の選者によるものなので、読者はいくぶんか相対化して受けとめてくれるだろうと思って、引き受けることにした。それが今でも続いている。もうザッと三十年――と、こう書いて、自分でもビックリしている。せいぜい二十年くらいの感覚。

そういうわけで週刊ペースの連載仕事が二つになった。『サンデー毎日』のエッセー（一一ページ）と『週刊文春』の映画短評。『文春』の仕事は、編集者が選んだ映画の試写を観て、それに対してコメントするという形なので、他の映画より優先的に観るということ

になる。何しろ前から多数の映画の試写案内状が来ていて、どの試写に行くべきか迷うことも多かったので、選ぶ手間がはぶけて、ありがたくもあった。

当時の「シネマチャート」メンバーは、田中小実昌《たなかこみまさ》さん、赤瀬川隼さん、品田雄吉さん、安西水丸さん、芝山幹郎さん、そして私——というふうだったと思う。芝山さんと私は「戦後生まれ」で、この顔ぶれの中では若手なのだった。

二つの週刊誌の仕事が柱になったため、以後、生活パターンが一定という感じになった。週の始めに『サンデー毎日』と『週刊文春』の原稿を書き、火曜以降は試写会通いと、他の雑誌の原稿書き。

この頃の手帳を見ると、ちょっとゾッとするというか、呆れるというか。毎日のように〆切があり、一日に二本の原稿を書いている日もあったりする。

私は長い原稿を書くのがイヤで、みずから「八百字ライター」と称していたのだが……信頼する編集者にノセられて、長文のエッセーというか批評的な文章も、たまに書かされるようになった。長文だと、まず全体の構成をシッカリ決めなくてはならないし、キチンと資料にあたったりしないと説得力もなく、もたないので、ものぐさの私としては全然うれしくないのだが、それが何とか巧くいくと、短いコラム書きにはない充実感のようなものがあるのは確かだった。

一九八五年に『サンデー毎日』の連載エッセーがスタートした頃から、私はライターとしての自分のスタイルについて、一つのイメージ（願望）を持っていた。ひとことで言うと、できるだけ正体不明のライターでいたい。男とも女ともつかない文章を心がけ、プライベートな事柄は極力抑え、世の中やエンターテインメントについての文章を中心に書こう。顔写真は極力避けよう。ナントカ賞とかナントカ委員といった権威的なものと無縁でいよう……と。

そんな願望のために、ある女性誌で顔写真が絶対必要と言われ、編集者と協議のあげく、顔を本でかくすという状態で撮ってもらったことがあった。雑誌になって印刷された写真を見て、私はギクリとなった。「これじゃあ、逆に自己顕示欲の強いヘンな女にしか見えないじゃないか！」と。以後、はい、スナオに顔写真を撮られるようになりました。結局、私には「謎の女」になり切る程の度胸はないのだった。

それでも、ある賞に関しては断固、拒否してしまったけれど。たんに、人前で受賞の感謝のスピーチをするのが恥ずかしくて、という理由。自分でも大人げないなあと思っている。なぜ、晴れがましいことが苦手（ほとんど恐怖）なのか、よくわからない。

湾岸戦争、ストーンズ、クロサワとイタミ

この年の夏、イラク共和国防衛隊がクウェートに侵攻。クウェート全土を制圧して「暫定自由政府」樹立を発表。国際社会から激しく非難され、国連の安全保障理事会はイラクに即時撤退を求めるが、イラクのサダム・フセイン大統領は従わず。アメリカ、イギリスをはじめとする多国籍軍は翌年、イラクへの攻撃を開始、湾岸戦争ということになった。

——と、書いている私、実のところ湾岸戦争って、いまだによくわかっていないんですよね。イスラム教というもの自体、わからないし、その中のシーア派だのスンニ派だのというのもピンと来ない。もともとあまり興味のない地域。ひたすら、サダム・フセインだの、そのバカ息子のウダイだの、（アメリカの）シュワルツコフ大将だの……人物しか頭に残らない。我ながら情けない。

イラクではなくイランのほうだったら、アッバス・キアロスタミという、すばらしい映画監督がいて、親しみも持てるし、興味もあるのだが……。キアロスタミは二〇一六年に七十六歳で亡くなった。

この年はローリング・ストーンズが初来日。さらにポール・マッカートニーも来日。両方とも友人たちと駆けつけた。ローリング・ストーンズは東京ドームでの公演だった。当時、メンバーたちは四十代後半。功成り名を遂げたロックのグループなのに、一人も欠けることなく生き延びている……。遠めに見れば、ミック・ジャガーは少年そのまんま。しなやかで、鋭くて。

今年（二〇一九年）の春、都内のＴＯＣ五反田メッセで『ザ・ローリング・ストーンズ展』というのがあって、観に行ったのだけれど、ミックが着た衣装も何点か展示されていた。びっしりとビーズを縫いつけた服もあり、いかにも重くて動きづらそうなのに、全然それを感じさせない動きだったなあ——と、あらためて感心するのだった。メンバーたち、今や七十代半ばですよ。奇跡と言うべきでは？

この年、黒澤明監督の『夢』と、伊丹十三監督の『あげまん』が公開された。

私はガッカリした。黒澤監督は映画の中でフジヤマを爆発させ、伊丹十三監督はゲイシャをヒロインに据えていたからだ。

フジヤマ、ゲイシャときたら、欧米人にとっての日本イメージそのままでしょう。二人の監督のうちに、欧米人のジャパネスク趣味に身をすり寄せるところがあったのではないか？——と、私は邪推した。とにかく、いい気分のものではなかった。

伊丹十三は『ヨーロッパ退屈日記』（一九六五年）以来、『女たちよ！』『日本世間噺大系』『小説より奇なり』など、ユニークなエッセーを書いて来た人として、私は尊敬していたし、影響も受けたと思う。けれど、伊丹監督映画は最初の『お葬式』はともかく、その後の映画はあんまり面白いとは思わなかった。ついつい批判的なことを、ちょっとだけだが、『サンデー毎日』に書いてしまった。

一九九七年の十二月。伊丹十三事務所のあるマンションから飛び降りたと見られる、彼の遺体が発見された。私はビックリ。いったい、なぜ?!　警察は自殺と断定。

伊丹氏と親交のあった人たちは自殺説を否定したが、歳月のなかでそれもウヤムヤに——。

スリー・エムとちびまる子ちゃん

七〇年代生まれの美少女たち——牧瀬里穂（七一年生まれ）、宮沢りえ（七三年生まれ）、観月ありさ（七六年生まれ）が苗字のMを取って3Mと言われ、注目を集めていた。

中でも突出していたのが宮沢りえ。日本人（母）とオランダ人（父）との間のハーフ。昭和の美少女は顔だけ、といったところがあったけれど、平成の美少女となるとプロポーションも抜群でないと務まらないものだなあ……と思わせた。りえママは果敢なプロデューサー能力の持ち主で、りえのフンドシ姿のカレンダーやテレフォンカードは大きな話題になった。フンドシ姿と言ってもブドウのツルをあしらった愛らしいものだったが、3Mの中でも異色の大胆さだった。

一九九二年、りえは当時大人気の関脇・貴花田（元貴乃花親方）と婚約。その夜、私は新宿の居酒屋で高田文夫さんたちと呑み食いしていた。用事があって、ある女友だちに電話をかけたら、「大変よ、りえと貴花田が婚約したんだって。今、TVに映っている！」と言うのでビックリ。さっそく高田さんたちに言うと、「エーッ?!」と大騒ぎに。

とまあ、そんな「平成のビッグ・カップル」だったのだが……二ヵ月後には謎の婚約解消。りえちゃんファンだった私としては、ちょっと胸が痛んだ。このまま消えて行くのかと思ったら、女優への道を探っていたらしく、二〇〇二年の『たそがれ清兵衛』で復活。ひとごとながらホッとした。

この年、一九八七年に郷ひろみと結婚した二《に》谷《たに》友《ゆ》里《り》恵《え》が書いた『愛される理由』（朝日新聞社）がベストセラーに。私は読んでいないのだけれど、郷との間に二女をもうけていて、その暮らしぶりをつづったものらしい。それでも九八年には離婚。そのタイミングに合わせてか、今度は郷が書いた『ダディ』（幻冬舎）が出版され、こちらも一大ベストセラーに。この頃は、まだ、週刊誌をはじめゴシップ・ジャーナリズムも活発な時代だった。

『サザエさん』の長谷川町子は大正九（一九二〇）年生まれ。存命なら既に百歳を超えているということになる。私は単行本版もＴＶ版もサザエさんが大好き。

昭和四十（一九六五）年生まれのマンガ家・さくらももこの『ちびまる子ちゃん』（『りぼん』連載）が大人気で、この九〇年からフジテレビでアニメ版がスタート。私は知り合いの編集者から単行本版をすすめられて読んでいた。子どもの世界を描いたものなので、当然昭和の終盤へのノスタルジーが反映されている。その親世代にあたる私でさえ、懐かしく感じられるものだった。「平成のサザエさん」と呼ばれたのは当然だろう。

それでもちょっと違和感もあった。本で見ている時には気にならなかったのだが、アニメ版で見ると、和室のタタミの目をちゃんと描き込んでいるのが……うーん、ハッキリ言ってビンボーくさく、ヤボったく感じられたのだ。ごめんなさい！

ずいぶん前（八〇年代？）から世間では「ヘタウマ」の味が好まれるようになっていて、私もおおいに支持しているのだけれど……うーん、『サザエさん』の描線の、あの巧さ（アニメ版であっても）、あの味には、なかなか、かなわないものだなあと思った。

『ちびまる子ちゃん』の作者、さくらももこさんは二〇一八年、闘病のあげく急逝。その死は「平成の終わりを実感させられる」と、いたむ声も。十年近くの闘病生活だったという。

「バブル」がはじけ、「地球温暖化」が語られ、「エコロジー」とか「エコ」といった言葉が盛んに叫ばれるようになったのは、この頃からだったのでは？

「地球にやさしい」「美しい地球」といったキャッチフレーズの商品が出回るようになった。再生紙利用のレターセットとか植物性のシャンプー&リンスとか。サントリーでは「ジアス」というビールを発売。そのＣＭは「サントリーは地球のことを考えています」というものだった。

1990年代

強烈だったオウム真理教

前章にも書いたように、一九九〇年以降は『サンデー毎日』と『週刊文春』、この二つの週刊誌での連載が柱のようになり、生活パターンがほぼ一定という感じになった。週刊誌ペースを基本にして、いくつかの月刊誌の連載があり、たまに書きおろしの本を出版――というかたち。

四十代半ばになっていたけれど、「私もトシだなあ」と思うことはめったになかった。仕事で知り合って親しくなった女ともだち（おもにイラストレーター）の全員が年下ということもあったかもしれない。「若づくり」はカッコ悪いのだが、大人っぽく海外有名ブランド物で身を固めるというのは、どうにも気がすすまず、似合いもしないので、カジュアルな服ばかり着ていた（きものでは少々散財してしまったが）。アニエスベーやコム・デ・ギャルソンの服を妹と共にバーゲンにて。基本的にシンプルなので、いまだに着ている服もいろいろ。

九〇年代でライターとして最も強烈な記憶となったのは、一連のオウム真理教事件だ。

オウム真理教は八〇年代末から、奇妙な宗教集団としてメディアに取り上げられていた。『サンデー毎日』は、いち早く八九年に「オウム真理教の狂気」という特集を組み、オウム批判を展開していた。

一九九一年、テレビ朝日の『朝まで生テレビ！』にも、麻原彰晃《あさはらしょうこう》と幹部の上祐史浩《じょうゆうふみひろ》が出演していた。麻原は、あてがわれた普通の椅子ではなく、白い布でおおわれた大きめのソファ風の椅子に座っての出演だったと思う。アブラじみた長い髪とヒゲ。やたらエラソーで攻撃的な態度。ものごとを「見た目」で判断しがちな私としては、一目でアウト。脇に控えた上祐氏は口が達者で、麻原の発言をペラペラと、みごとに援護していた（そのため、〝ああ言えば、じょうゆう〟というヒヤカシ言葉まで生まれた）。

というわけで、私は麻原を一種の「いろもの」として、ちょっとフザケた気分でウォッチしていたのだが……やがてオウムがらみの奇怪な事件が次々と。松本サリン事件（九四年）で初めてサリンのことを知って恐怖していたら、都内で地下鉄サリン事件（九五年）という無差別テロが……。地下鉄に乗っていてサリンの被害にあった人たちは、築地駅そばの聖路加国際病院へと次々と運ばれた。何のかかわりもない人びとが標的にされたのだ。死者十三名、負傷者は六千三百人という大惨事——。私は怒りと恐怖でいっぱいに。仕事で地下鉄に乗るとき、緊張したのをおぼえている。

この二ヵ月後、ついに山梨県の上九一色《かみくいしき》村（当時）のオウムの拠点を警視庁が強制捜査。小さなかくし部屋にひそんでいた麻原は逮捕された。そんな一連の様子はテレビ中継されていて、私はガツガツと（と言ってもいいくらい）テレビを観ていた。さまざまな思いが頭の中を駆け巡った。

六〇年代末の、いわゆる全共闘運動は、やがて七二年の連合赤軍事件という悲惨な形で終焉し、左翼イデオロギーが力を失った七〇年代以降、若者たちの関心を集めたのは神秘思想や超常現象やハルマゲドン……といったものだった。雑な言い方だけれど、各種のオカルト。そしてヨガなどの身体思想。麻原はそんな、真面目な若者たちの潜在的な欲求に巧妙につけ込んだのだ。麻原彰晃、いや、松本智津夫《まつもとちづお》と幹部十二人は二〇一八年の夏、処刑された。それでも、今なおサリンの後遺症で苦しんでいる人たちはいる。

バブル崩壊、ブルセラ……

「バブル崩壊」は、一九九一年三月から九三年十月までの期間を指しているという。正直言ってピンと来なかった。代々、勤め人の家庭だったせいか、株だの何だのとはまったく無縁で来ていたので。

それでもちょっとした心当たりはある。その頃、銀座の街角に薄汚れたシャツとズボンという姿でジーッと突っ立ったままの男の人（三十代くらい？）を見かけたり、やっぱり地下鉄銀座駅のホームに立っていたら、目にしみる程の異臭があり、見ると、まさに麻原彰晃をもっと汚くした感じの人が歩いて来て、他の誰も黙っていたけれど、避けるようにしていた。心ならずも、私も避けてしまった。

今にして思えば、ゴシップ・ジャーナリズムというかスキャンダル雑誌はまだまだ健在だった。写真週刊誌『フォーカス』、その世界では老舗の『噂の眞相』があり、さらに若者向けの『宝島30』が創刊された。

そうそう、この頃、女子高校生たちの下着や制服を売る「ブルセラショップ」というのが問題視され、摘発されたりした。ブルセラとは言うまでもなく、ブルマーとセーラー服。『文藝春秋』の編集者・平尾隆弘さんから、「それをどう思うか、書いてみて」と言われ、とまどいながらも書いた記憶あり。

正直言って、一番、情なく思ったのは、買う男たちの陰湿さ。「少女愛」だか「ロリコン」だか何だか知らないが、自分より体力も知力も劣る（と感じられる）少女を性的ファンタジーの対象とするなんて。恥ずかしくないのか？　少女をめでる気風というのは、「源氏物語」からある。けれど、美少女の成長を眺め楽しむというふうなもので、性衝動の対象にするというものではなかっただろう。「ロリコン」も結構だが、何しろ相手は子どもなのだ。大人としての節度を持ってほしい。

極貧でもないのに、売り物になるからと言って、平気で自分の下着やセーラー服を売る少女たち——というのも、理解に苦しむ。単純に、気持悪くないのか？　当然のごとく、「減るもんじゃないし、どこが悪いのよ」という答えがかえってくるだろう。私は言いたい。「減るんです！」と。男というものを見くびるようになる。性的なものが売り物になるという事実に慣れてしまう。その先にほんとうの幸せがあるのか？

とまあ、そんな気持だった。ほんとうの貧乏を知らない私の、未熟な正義感だったかもしれないが。とにかく、世の中、カネカネカネ……。オウム真理教がマジメな若者たちの心をとらえた理由も、ちょっとわかるような気がする。


私もおたく？


「おたく」というのは、七〇年代頃からある種のマニアを指す言葉として使われていたようだ。アニメおたくとかアイドルおたくとか。それが一般にも広く知られるようになったのは、やっぱり八九年の、連続幼女誘拐殺人事件の宮崎勤によるものだったろう。

かねがね私は、「男って何だか本質的にマニア的傾向があるみたい。興味のあるジャンルの事物やコレクションに関しては誰にも負けたくない、という意識は女より断然、男のほうが強いみたい」と感じていた。男の、そういうマニア的傾向が仕事に生かされている例は大変に多いのだから、決して悪いことではない。美徳とも言える。

けれど、執着の対象がアニメ（内容にもよるが）だのアイドルだのというのは、うーん、やっぱり子供じみていると感じてしまう。百歩ゆずって（？）、そういう時期もあってもいいけれど、中年オヤジになってもそういう世界にしがみついているというのは、ちょっと問題なのでは？　そういうことが通るのは、やっぱり日本という国の相対的豊かさ故なのかも――と思わずにいられない。
と書いている私はどうなのか？　もしかすると私こそ「おたく」なのかもしれない。子どもの頃から好きなものだけにしがみついて生きて来たようなものではないか?!　――うーん、ひとのことは言えない。でも、「おたく」諸君に向かって、一つだけ言わせてほしい。「そのファッション、何とかしろー！」と。ファッションをバカにしてはいけない。着るものに神経を払うということは、他人を意識する、他人の存在を認めるということなのだから。お願いしますよ、ひとつ。

一九九七年の酒鬼《さかき》薔薇《ばら》聖斗《せいと》事件も衝撃的だった。神戸の複数の小学生が襲われ、中学校の校門前に殺害された十一歳の少年の頭部だけが置かれた。その口には警察に対する挑発的な文章が書かれた紙がはさまれていた……。さらに犯人は第二の「挑戦状」を地元の新聞社に送っていた――。
犯人はなかなか特定されず、私はイラついた。少年の家族にとってはまさに地獄の日々だったろう。ほぼ一ヵ月後に犯人は逮捕されたのだが、それが当時十四歳の中学生だったのにはビックリ。と同時に、少年法に守られることになるなあと思い、憤懣やるかたなかった。写真週刊誌『フォーカス』は少年の実名と顔写真を掲載。私は内心、掲載を支持したのだが、「少年法違反」との圧力によって、大半の書店は『フォーカス』の販売を見合せたという。

淀川さん

『週刊文春』映画欄のために、最低週二本は必ず試写を観なければいけなかった。それが楽しかった。

この時代、特に注目していた監督は、アメリカのコーエン兄弟（『未来は今』）、クエンティン・タランティーノ（『パルプ・フィクション』）、ブライアン・シンガー（『ユージュアル・サスペクツ』）、ポール・トーマス・アンダーソン（『ブギーナイツ』）、イタリアのナンニ・モレッティ（『親愛なる日記』）、フィンランドのアキ・カウリスマキ（『浮き雲』）……など。こう書いているだけで興奮する。新しい才能に次々とスクリーンで出会った。近頃そういうイキオイはない。この中ではアキ・カウリスマキ監督作品が一番の好み。どうやら犬好きらしく、必ずと言っていいくらい犬が登場する。常連俳優のマッティ・ペロンパーも何とも言えず、いい風貌（九五年に心臓発作で急逝。四十四歳）。日本大好きの監督だったのだけれど、もう、ほんとに引退しちゃったのかなあ。淋しい。

両親は共に七十代になっていた。いっしょに旅行できるのは今のうちだなと思い、妹夫婦と共に両親を京都旅行へと誘った。案のじょう父は拒否（異常なまでの出不精なのだ）、それでも母が旅行することは許したようだ。本来、おでかけ大好きの活発な母だったのに、父がイヤがるので、めったに旅行することがなかった。私もようやく小金ができたので、母を誘ったわけだが……夫婦ってわからないものですね。母は家に残して来た父のことが気になるようで、京都の各所を訪ねても、そんなに楽しそうではなかった。脚もちょっと痛そうにしていた……。私としてはちょっとガッカリというか苦笑的気分。

そうそう。この頃の私にとっての一大トピックは、ある雑誌で淀川長治《よどがわながはる》さんと対談できたこと。当時、淀川さんは全日空ホテルにお住まいで、その一室でお会いした。子どもの頃からTVの『日曜洋画劇場』でおなじみの、全身映画愛の人。さすがに私も緊張した。緊張すると、案外ハイになって、ろくでもないことをしゃべりまくるようになる……ということに、あとで気づいた。もう一度お会いして、落ち着いた気持でインタビューしたいものだ……と反省していたら、一九九八年の九月に黒澤明監督が、十一月に淀川長治さんが亡くなった。ヨーロッパ映画の秀作を次々と紹介して来たフランス映画社の川喜多和子さんも一九九三年に亡くなってしまったし……。映画界にとっては、「ひとつの時代の終わり」と言ってもいいなりゆきなのだった。

2000年代

9・11そして10・1

二〇〇一年九月十一日。アメリカで、イスラム過激派・アルカイダによる、まさに驚天動地の同時多発テロ事件が起きた。

中でもニューヨーク、マンハッタンのワールドトレードセンターへの攻撃は残酷きわまりないものだった。二度にわたって航空機がすごい勢いでビルの高層階に突っ込んだのだ。多くの犠牲者が出た。直後でも二七六三人。その中には駆け付けた警察官や消防士なども。

映像はシッカリ残っていて、まったく見るに忍びないものだった。まさに悪夢。こんなことが現実に起きるなんて！　黒煙は付近に大きく広がり、口を押さえて逃げ走るニューヨーカーたちの姿……。

数年後に知ったのだが……俳優をめざしながらも消防士として生計を立てていたことがあるスティーブ・ブシェミは、古い消防服を着込んで、ワールドトレードセンターに駆け

つけ、黙々と救援活動をしていたという。古い消防服を不審に思った消防士が、顔をよく見たら、スティーブ・ブシェミだった——という目撃談を読んで、「ああ、やっぱり、いい奴！」と嬉しくなるのと同時に、あの惨酷きわまりないテロを生ま生ましく感じた。

その約一ヵ月後の十月一日のこと。現役では最高の落語家と敬愛していた古今亭志ん朝さんが、肝臓ガンで亡くなった。六十三歳。落語家としては、まだまだ先があったのに。お父さんの志《し》ん生《しょう》は大酒呑みでタバコも喫って、脳出血で倒れたこともあったのに、八十三歳まで生き延びた。それもあって、私は志ん朝さんは大丈夫だと楽観していたのだった。最後に見たのは上野の鈴本演芸場。初夏だったと思う。少し声がカスレぎみだなあ、とは思った。

後日、文京区の護国寺で告別式があった。私は終始、悪い夢の中にいるような、奇妙な気分。どういうわけでか知らないが、身近な関係者に限定された所に呼ばれて、棺の中の志ん朝さんをおがむこともできた。白く、硬くなったその顔は志ん朝さんに違いはないのだけれど、やっぱり、もう志ん朝さんではなかった。いまだにその時のことを、辛く、思い出す。

志ん朝さんの落語ＣＤやＤＶＤも、しばらくの間、聴いたり観たりはできなくなってしまった。

志ん朝さんの死から三年後の二〇〇四年。「新国劇」を支えて来た長老・島田《しまだ》正吾《しょうご》さんが亡くなった。九十八歳。

「新国劇」と言われて、パッとイメージできるのは、もはや、ごく少数の人だろう。実は私だって、よく知らない。大正時代、従来の歌舞伎にあきたらず、澤田正二郎（通称・サワショー）を中心としたリアルなアクションで人気の的となった劇団。澤田の急逝後は、辰巳《たつみ》柳太郎《りゅうたろう》と島田正吾が二枚看板となった。戦前昭和は全盛期で、戦後も、当時若手の緒形拳、若林豪、石橋正次などがＴＶドラマ出演で人気を集めるようになったのだが、時流には勝てず、一九八七年（創立七十年）で解散。

島田正吾はおもにＴＶドラマで活躍。毎年、新橋演舞場で年一回の一人芝居にも挑戦。私も何度か見に行ったが、場内満員の盛況。当時の総理大臣だった小渕恵三さんの姿を見かけたこともあった。

新国劇の創始者・澤田正二郎が早稲田大学出身だったせいか、島田正吾は早稲田贔屓で、最晩年、大隈講堂で一人芝居を演じたこともあった。当時、九十代半ばになっていたはず。

ある雑誌の取材で目黒のご自宅（質実で簡素な美しさ漂う家！）を訪ねたら、私のような者でも、ちゃんと名前を知っていらした。新しい映画にも大いに興味を持っていて、私がある新作映画を話題にしたら、「オガタ（緒形拳）と観に行こう」とサラッと言うのだった。見た目も九十代なんて全然思えない。清潔な色気があった（若い時には絶対にモテたはず！）。

その後、お会いしたのは二、三度で、しかも楽屋で短い会話しかしていないのに……没後まもなく、シンプルだけれど贅沢感のある額に入った絵（どうやら木村荘八《きむらしょうはち》のものらしい）が送られて来たのでビックリ。なぜそこまで気に入られた（？）のか……謎。とにかく、素敵な人だった。

小津ごのみ

『週刊文春』の「シネマチャート」欄では、毎週二本の新作映画を、五段階の☆印と、たった五十四字の短文で〝採点〟している。

それはやっぱり心苦しいことで、いつか、私の、映画に対する思いをジックリと腰を据えて書いてみなくては——とは思っていた。

だから、筑摩書房の金井ゆり子さんから、ＰＲ誌『ちくま』で何か連載をしないかというお誘いがあった時、これ幸いとばかり「小津映画をテーマにしたものを書きたい」と答えていた。

黒澤明と小津安二郎——この二大監督は、世界的にも大きな影響を与えて来たのだが、黒澤映画と比べると小津映画について語られることは少なく、なおかつ（私の好みからすると）理屈っぽく感じられるのだった。私にしてみれば小津監督は「確かな好悪の感覚」、それだけを頼りに生きたスゴイ人——ということになるのだが。

というわけで二年がかりで『ちくま』に私なりの小津論を連載。当時、元・松竹プロデューサーの山内静夫さんや井上和男監督（〝蛮〟というニックネームだった）も健在で、話をうかがうことができたのは、ありがたいことだった。

『小津ごのみ』は二〇〇八年に一冊の本として出版された。「根気」というものに全く欠ける人間でも、「好き！」という気持があれば、しつこくなれて、何とか一冊の本になるものなんだなあ、と思った。

そうそう。私のとっておきの自慢ですが、最晩年の笠智衆《りゅうちしゅう》さんにインタビューさせてもらったことがあった。夏のことで、文藝春秋の編集者と共に蓼科の別荘を訪ねたのだった。いかにも笠さんらしく、ごく普通の古びた和風の家。ついつい小津映画がらみの質問ばかりになってしまったのだが、イヤな顔も見せず、短く刈った白髪の頭を撫でながら、例のはにかんだような笑顔で接してくれた。

庭先での立ち姿の写真撮影では、杖をついていらした。奥様は茶目っ気のある人で、カメラマンが二人並んで座ったところを撮るとき、「おひなさまみたい？」と言って、その場をなごませてくれた。素敵な二人だった。

「狐」の兄弟

ほんとうは一九九六年のところで書くべきだったのかもしれないのだが……『会いたかった人』（徳間書店。のちに文春文庫『会いたかった人、曲者天国』）というタイトルの人物エッセー集を上梓して二ヵ月ほど経った頃、山村修さんという未知の人からエッ?! と驚く手紙を頂いた。簡単に言うと、その人と私は親戚同士なのではないか？　という内容。『会いたかった人』の最終部分に、オマケ的な気持で曾祖母・中野みわの話を書いたのだったが、山村さんはそれを読んで、「中野翠さんのひいおばあさんと、ウチのひいおばあさんとは、姉妹である」と確信したというのだ。ビックリ。

山村修さんは「狐」というペンネームで鋭敏な書評を書いていて、私もかねがね注目していた人物だったので、さらにビックリ。

「狐」には私と同年生まれのお兄さんがいて、私の本を読んでくれたのはお兄さんのほうが先。ひいおばあさん同士が姉妹だったとわかり、兄弟ばかりではなくお父さんも急に家系図などを持ち出して、だいぶ盛りあがったというのだった。

　さっそく「狐」の兄弟と渋谷で会うことに。私にとっても突然浮上した親戚関係。いきなり打ち解けた気分。さらに三人とも読書傾向に共通するところがあり（なおかつ偶然にも、古くからのイッセー尾形ファンだったりもして）、おおいに話は盛りあがった。ライターになってよかった〜とも思うのだった。

「狐」の山村修さんは〝知る人ぞ知る〟ユニークな匿名書評家だったのだが……二〇〇六年にガンで急逝。五十六歳だった。今でも残念に思っている。

「狐」の兄弟と共有した先祖の話は、二〇一五年に『いちまき　ある家老の娘の物語』（新潮社）として出版。私にとっては唯一のルーツ探索の本となった。その頃には、もう、父も母もあの世の人になっていたのだが……。

書評委員会

一九九〇年代末から二〇〇〇年代の初めにかけて四年間ほど、朝日新聞の書評委員というのを務めたことがあった。

着る物からしてフォーマルというのが苦手で、協調性というのもないので、なんとか委員だの、なんとか審査員だのというのは避けまくって来たのだったが、メンバーに旧知の久世光彦さんと松山巖《いわお》さんがいるというので、だいぶ考えたあげく、やらせていただくことにしたのだった。

確か月に一度、委員全員が一室に集まり、机に並べられた何十冊の本の中から書評したい本を選ぶ。

それまでアカデミズムの人とは、まったく縁がなかったし、苦手でもあったのだが（何しろ大学では劣等生だったから）、実際に会ってみれば、案外、堅苦しさは感じられなかった。

私が特に好きだったのが、最年長メンバーで哲学者なる肩書の木田元《げん》先生。一九二八年生まれだから、当時、八十歳前後だったろうか。戦後の一時期、闇屋をして学費をかせいだというだけあって、背は高くはないのだけれどガッシリとした体格。エラソーなところは全然なくて、よく笑う人。

ある時、『春画』と題したぶあつい本が書評リストの中にあった。書評したい人は手をあげて、複数の人が手をあげた場合は、ゆずりあったり、最後まで執着してみたり――という形で書評権（？）を手に入れるわけだが……その『春画』という本に関しては最年長の木田先生一人が手をあげたので、メンバーみんなドッと噴き出してしまった。木田先生も例のごとく笑っていた。

夏だったと思うが、朝日新聞社所有の箱根の別荘に一、二泊の旅行ということがあった。もちろん担当編集者と共に。木田先生も参加。お元気だったのだが……二〇一四年、肺炎で亡くなった。八十五歳だった。木田先生につぐ長老格だった久世光彦さんはそれよりも早く二〇〇六年に七十歳で亡くなった。箱根旅行の時、四人乗りゴンドラに久世さん、松山巖さん、川上弘美さん、私という顔ぶれで乗っていたら、久世さんが急に赤緑色覚異常の説明をし始めたのが、妙に懐かしい思い出になっている。テレビマンだったこともあり、久世さんには、いわゆる〝華〟があった。懐かしく楽しい人だった。

この二〇〇〇年代に自分が書き散らしたものをチェックしてみると、「ケータイ」に対して怒りをぶつけている文章が目につく。特に映画の試写会でのケータイ。当時の物は受信するとピカピカ光ったようで、試写会のくらやみの中では反射的に目がそちらに行ってしまい、気分がそがれて大迷惑なのだった。小心者の私ですが……しんぼうたまらず、「ケータイ消してください」と言ってしまったことも。

嫌いなんだよね、ケータイを待ち受け、すばやく反応する、あのガツガツ感が。映画を見る時くらい、現実を忘れようじゃあないか、別世界にひたろうじゃないか、一人になろうじゃないか！
と、頭の中で力説していた私だが、ケータイもスマホも珍しくなくなった今、試写会では映画が始まる前に、係の人が「ケータイやスマホはお切りください」とヒトコト言うのが普通になって、以前ほど邪魔されなくなった。

私も、シブシブながら三年ほど前にスマホを購入。その便利さに驚く。検索機能もさることながら、メールでやりとりできるというのがありがたい。町なかでは公衆電話もほぼ消失したしね。うっかり、スマホを持たずに外出すると、「しまったー！」と焦ったりする。依存症にならないように気をつけないと。

2010年代

東日本大震災

二〇一一年三月十一日、午後三時前――。居間のソファで本を読んでいたらグラッと来た。地震だ。それも大きめの。私はヒザカケ毛布をひっつかみ、頭にかぶって、玄関ドアを三分の一ほど開け、ノブをしっかりつかみながら丸く蹲《うずくま》った。まるで一匹のダンゴ虫のように。

いつもと違う、大きく、長い揺れだった。同じ階の向こうから「どうしたらいいの～、どうしたらいいの～」と泣き出しそうな女の人の声が聞こえた。

大きな揺れは、間隔をおいて二回あった。室内は一瞬にして足の踏み場もない状態に。本、書類、CD、食器などが散乱……。私は軍手をはめ、サボをはいて、グチャグチャの室内に、まず〝通路〟を作った。破損した食器や花瓶などは涙を呑んでポリ袋に入れて廃棄。電話、ガス、エレベーターはしばらく使えなかったけれど、電気と水道は平常通りだ

ったのがありがたかった。
メディアは、これが日本の有史以来最大かもしれない大地震と伝えていた。東日本、とりわけ東北地方の太平洋側が大変なダメージを受けた。福島原発では一触即発的な状況まで発生（メルトダウンという言葉に恐怖）……。私自身は安泰でも、刻々と伝えられる惨状に、神経がまいってしまう。

被災者のかたたちの様子を伝える映像にたびたび胸を衝かれ、涙した。天を呪い、体を震わせ、泣きわめく――といった人は、全然いない。時代は変わっても、日本人の感情表現はつつましいものだった。悲しみと怒りを抑えつつ、精いっぱい「日常」を取り戻そうとしているように見えた。

その日から数日間はニュース一色。娯楽的なもの（スポーツ、お笑い、芸能バラエティものなど）はナリをひそめた。私のようなウカレた人間でも、そういう類いの番組は観る気になれなかったのだから、しょうがない。

そこらの国会議員よりも立派な風貌の町長さん、セッセとガレキの片付けにあたる少年少女たち、福島原発の危機を回避し、電源を復旧させた消防署や自衛隊の人たち……。眩しく見えた。

一ヵ月くらいだったろうか、都内でも余震が続いていた。友人・T氏の話で笑ったのは、神保町の喫茶店でくつろいでいたら、突然、揺れが来た。余震だ！　と身構えたら、近くの席で本を読んでいたおやじが、「いいかげんにしろ！」と叫んだというのだ。（全共闘世代の）Ｔ氏は心の中で「異議なし！」とコブシを握ってエールを送ったという。地震を叱りつけちゃうなんてスゴイよね。好き。

この時期、ＴＶは自粛体制で、公益社団法人「ＡＣジャパン」によるメッセージ的なＣＭをさかんに流していた。確か金子みすゞの詩だったと思う。ちょっとウンザリ。

そうそう。二〇〇〇年代の頃から私もようやくサッカーの面白さに目ざめた。野球と違って試合時間がカチッと決まっているところがいいよね。試合中は全員が動き回っている（キーパー以外）。ボーッと見ているうちにだんだんとルールや攻防のパターンや各選手の持ち味などがわかって来た。

女子サッカーでは二〇一一年のＦＩＦＡ女子ワールドカップで日本が決勝進出。延長戦、さらにＰＫ戦というきわどい戦いでアメリカをくだして優勝。キャプテン澤《さわ》穂《ほ》希《まれ》はじめ選手たちが眩しくてカッコよく見えた、女だけのチームプレイ。高校は女子校だったので、「女子校ノリ」とでも言うべき独特の団結感が懐かしくもあった。

フランスのニースで開催されたスケートのＴＶ中継にも目がクギヅケ。大地震被災地である仙台出身の羽生《はにゅう》結弦《ゆづる》の演技は銅メダルだったけれど、私の目には金メダル。スポーツというより芸能芸術的角度で観ているので。この年、羽生は十七歳。能の世阿弥が『風姿花伝』で言うところの「時分の花」——。世阿弥の時代では十二、三歳ということになるのだが。

長い物も書けるかな？

いつのまにか、ほんとうにいつのまにか、『サンデー毎日』の二ページ連載は三十年以上になっていた。

毎週月曜あるいは火曜に『サンデー毎日』の原稿を書くというのが習慣化していた。時どき人から「ネタに困ったりしない？」と聞かれることがあるのだけれど、特にそういう悩みはなかったように思う。読者はどういう話題を求めているのかとか、読者層はどういう人たちかとか、そういうマーケティング的なことも、ほとんど考えなかった。

私は基本的に常識的な人間なので、それほど突飛な考えが浮かんでくるわけでもなく、文章も巧いわけではない。ごく普通の人間。それなのにライターになったのは、たぶん「世間知らずコンプレックス」が、ちょっとばかり強かったせいだと思う。

お嬢様育ちでもないというのに、なぜか私には「世間」というのが、よくわからないようなのだ（「社会」ではなく、あくまでも「世間」ね）。家を出て貧乏一人暮らしを始めてみても、世間というのが身にしみてわかった！　という実感は持てなかった。どこかズレているというか、ぴったりとフィットできないというか。だからこそ、「世間」で展開されている、さまざまな事件やできごと――それが私には一番、面白く興味深く感じられるのだった（あたかも映画を観ているかのように）。どこか傍観者じみたところがあったりもする。

ありがたいことに、私と同様の感覚の持ち主は、思いのほか多いようだ。性別や年齢に関係なく一定数存在しているようだ。

じっくりと思索にふける人間では、まったくなくて、ちょっとした思いつきとか感情をパアパアと書き散らしているだけなのだが……編集者の中には「ちょっとムチを入れれば、もうちょっと長い物が書けるんじゃないか？」と思ってくださる人もいて、「一つのテーマに絞った長めの書きおろし本を書かないか？」と誘惑してくれる人もいた。私は「ムリムリムリ」……と思いながらも、「ムリしてみようかな」という気にもなり……少しずつ、長文の連載仕事も受けるようにした。

前にも書いたように、二〇〇〇年代末に筑摩書房の月刊誌で連載していた『小津ごのみ』が一冊になった時は、格別に嬉しかった。小津映画に関しては多くの研究者がいて、精緻な評論本も多数あるのだけれど、多くは男の人による研究的な分析で、私が一番小津らしいと興味を持っていた、演者の見た目（顔だち、表情、しぐさ、髪型、衣裳）や言葉づかいなどについての言及が少ないのが不満だったのだ。私のつけ入る余地はあるなと思って、筑摩書房のPR誌（月刊）に連載したもの。

テーマとやりようしだいで長い物も書けるんだという自信が、ちょっとばかりついて、以後、『この世は落語』（筑摩書房）、『いちまき　ある家老の娘の物語』（新潮社）、『あのころ、早稲田で』（文藝春秋）――というぐあいにテーマを絞った本も手がけるようになった。

編集者かライターか、とにかく雑誌の世界で生きてゆきたい……という思いは何とか叶えられた。他の世界では到底ムリ。使いものにはならなかったろう。

山田風太郎さんと小林信彦さん

自分で言うのもナンだが、私は特別に有名人好きというわけではない。有名だからといっても好きな人物もいれば、興味も接点も感じられない人物もいる。自分では全然そうは思っていないのだが、若い頃、年長の人たちに「愛想がない」と言われたことが何度かある。「愛想って?!」と私は考えこんだ。高校時代からの親友・K子にその話をすると、「無愛想よ、あなた。自覚ないの？」と言うのでビックリ。K子こそ愛想笑いの一つもできない、ストレートな女なので。互いに「私のほうがまだマシ。愛想がいい」と思いこんでいたのだ（今でも私のほうが人当たりは柔らかいと思っている）。

ライターとしては、有名人を相手に話を聞きだしたりしなくてはならないわけなので、「そうか、私は無愛想に見えるのか。まずい……」とは思った。それでも、好感や尊敬の気持を抱いている有名人だったら、自然と私も愛想がよくなっているはずだ――と思うことにした。

実際、イヤな有名人に接することは、ほとんどなかった。愛想笑いをするまでもなく、自然と敬意は伝わるものだと思う。

山田風太郎さんの若き日の日記――『戦中派不戦日記』を読んだのは、いつだったろう。一九九〇年代だったと思う。日記文学というジャンルに興味を持って、次から次へと読んでいる中で、その理知と情感の豊かさ、鋭さに感動した。あんまり日本の小説（とりわけ時代小説）は読まないのだけれど、八〇年代末に忍法帖シリーズを読んで（頭の中で）爆笑。わくわく。とんでもない奇想の小説世界なのだった。コアな風太郎マニアがおおぜいいるというのも納得。

ある雑誌企画で、風太郎さん宅を訪ねてインタビューさせていただくことになった。風太郎さんは当時、七十代半ばだったろうか。気取ったり、エラソーにしたりというところは、まったくない人だった。実は、私、電車を乗りまちがえて約束の時間に間に合わず、十五分くらい遅刻したのだけれど、怒るどころか、「そそっかしいね」と笑って許してくれた。いい人！

インタビューが終わったら、次から次へと奥様手作りの料理とお酒がテーブルに運ばれて来た。編集者やカメラマンがいたものの、絶対に食べ切れない量だった。風太郎さん自身は、食欲旺盛というふうではなく、編集者たちが食べたり呑んだりしているのを愉しそうに眺めていた。

私はすっかり風太郎さんファンとなり、その後、二度だったか、他の雑誌のインタビュー企画で、風太郎さんのお家を訪ねた。そのたびに声も弱くなっているのが、せつなかった。そんな中、テレビ（ＮＨＫだったと思う）で風太郎さんの人物ドキュメントが放映された。杖をついて、ゆっくりと歩く風太郎さんを見るのは辛かった。風太郎さんは二〇〇一年に亡くなった。七十九歳。

私が風太郎さんファンだと知って、以前から面識のある作家・小林信彦さんが、「実は風太郎さんはウチの遠い親戚なんですよ」と教えてくれたのにも、ビックリ。

小林信彦さんには確実に影響を受けた。『世界の喜劇人』『日本の喜劇人』、この二冊は決定的で、私のバイブルのようになった。

対談企画をキッカケに、何度か顔を合わせて、おかしな〝密談〟に興じるようになった。ありがたいことだ。気むずかしい人という噂だったけれど、私は鈍感らしく、そんなふうには感じなかった。小林さんのバイキン恐怖症というか潔癖なところ、私の父に似ているせいかもしれない。

いい時代に生まれ合わせた

そうそう、私がインタビューした芸能人の中で、最も面白く興味深かった人と言ったら、丹波哲郎さん。ちょうど『大霊界——死んだらどうなる』がベストセラーになって、同名の映画が公開された時だったから、一九八九年のことだったと思う。

ひとことで言うとヌケヌケとした怪人。大変なお坊ちゃん育ち故か、「新人の頃から〝態度がデカイ〟と叱られたけれど、気にしないんだ。万事、こだわらないんだ」と言う、その言葉は虚勢を張っているようには思えなかった。

かんじんの映画『大霊界――死んだらどうなる』のほうは、うーん……どうやら、あの世は変種のディズニーランドみたいなものらしいですよ。丹波さんは二〇〇六年に八十四歳で亡くなった。丹波さんの説を信じられなかったのは申し訳ないけれど、その人柄は愉快で、おおらかで、好きだった。

そうだ、山田《やまだ》五十鈴《いすず》さんも二〇一二年に亡くなったのだった。九十五歳だったのだから、文句は言えない。何しろ私の親の世代の人なので、若い頃の人気女優ぶりはほとんど知らないわけだが、老齢になってからの舞台での活躍ぶりはＴＶ中継でいくつか観ている。まさに大女優。『香華』『たぬき』『華岡青洲の妻』は劇場で観た。晩年は帝国ホテルで暮らしていて、ある時、日比谷を歩いていて五十鈴様とすれ違ったことあり。今でも鮮明におぼえている。

二〇一〇年代での大きな変化と言ったら、スマートフォンとパソコンの圧倒的な進化と普及ぶりだろう。イヤだイヤだと言いながら、私もついにスマホを購入。すでに街角からは公衆電話ボックスも次々と消えていた。

スマホのメール機能は使っているけれど（待ち合わせに便利。オランダ在住の親友・Ｋ子と二人だけのメール句会にも役立っている）、ネットへの書き込みの類いは、まったくしていないし、見ることもない。いかにも面倒くさそうだから。パソコンも買う気にはなれない。紙ではなく光源をみつめるというのがイヤだから（と言いつつ、家ではＴＶをジーッとみつめている)。

これから先、出版業界はどう変貌してゆくのか――私なぞには、まるっきり予想がつかず、ただもう「私は出版業界の一番いい時代に生まれ合わせたんだなあ」と思う。

でも、メディアの形は変わっても、ベースはあんまり変わらないのかもしれない。いつの世にも「ヒトコト言いたい人種」というのがいて、「ヒトコト聞きたい読みたい人種」というのもいて、コラムニスト的な仕事というのは、今とはまた違った形で存在するのかもしれない――と思っている。

あとがき

肩書は「コラムニスト」にしよう――と決めたのは、たぶん一九七〇年代後半か八〇年代に入ってからだったと思う。

当時としては順当に「エッセイスト」と名乗るところを、あえてコラムニストにしたのには、わけがある。私が書くもの、書きたいものは、少しばかり時評的だったり批評的だったりする。エッセイストと名乗るにはシミジミ感は薄く、エレガンスにも欠ける。それで、ちょっと遠慮して（？）あえてコラムニストと名乗ることにしたのだった。

その頃、コラムニストという肩書を使っている人は珍しく、私の記憶に残っているのは青木雨彦さんくらい。一九三二年生まれの、いわゆる昭和ヒトケタ世代。雨彦さんと同年生まれで私がおおいに影響を受けた作家・小林信彦さんもコラムという言葉を早々と使っていたと思う（二人とも早稲田大学出身というのは偶然だろうか？）。

マガジンハウス（当時は平凡出版）の雑誌作りの影響も無視できない。記事部分はコラム仕立ての短文スタイル。心のうちをシミジミと語るようなものではなく、モノやヒトやミセなどについて簡潔に、くだけた調子で、スピード感を持ってつづる……。

何しろ一九八一年には、田中康夫氏（当時、大学四年生）のデビュー作『なんとなく、クリスタル』が百万部以上というベストセラーになった時代。以前だったら、コラムニストと言ったら、世間一般では、新聞やTV・ラジオの論説委員といったふうな認識だったのが、この頃から、急速にハヤリモノのトレンドについて書いたり語ったりする職業……といったイメージに変わっていった……と思う。

私にとってはいいことなのか、まずいことなのか？　よくわからない。各種のハヤリモノに関心を持たずにはいられない人間だけれど、没頭する程ではない。ハヤリモノにスンナリと乗るのは、ちょっと恥ずかしいという気持もある。コラムニストという肩書が、トレンディなものに関して詳しく語れる人——というイメージだとしたら、私はコラムニスト失格だと思う。新しいものも、時代ズレした古いものも好きだから。

なあんて、何だか言い訳じみた文章になってしまった。もはやコラムニストという肩書にとらわれることもなく、書きたいことを書くだけ……という心境。

大学を卒業して、いわゆる「社会人」になって、もはや半世紀——。思い出すのが大変で。引っ越しのたび、何となく捨てられず、長年、保存して来た昔の手帳やノートや写真などを頼りに記憶を掘りおこすというスタイルで臨んだわけですが……いや、もう、恥ずかしいったらなかった。お若い方は御存知ないでしょうが、昔の大道芸の「四六のガマ」を思い出さずにはいられなかった。

「四六のガマ」というのは、前足の指が四本で後ろの指が六本というガマ。そのガマの油を取って薬にするために、内側の四方がカガミ貼りになった箱にガマを入れると、ガマはおのれの姿を見て驚き、恥じ入り、「タラーリ、タラーリ」とアブラ汗を流す。そのアブラを煮つめて、薬にしたのだ——という話。昭和の昔は縁日の興行などで〝実演販売〟していたそうな。

あらためて振り返ってみた、若き日の私の軽挙妄動。根拠のない自信。それと表裏一体の劣等感。当時の流行歌の一節——「若いという字は苦しいという字に似てるわ」も思い出さずにはいられない。

やっぱり他界した父と母の、当時の姿が何度も思い出された。「私には構わないでよね！」とばかり、父に対してはバリアを張っていた。なんでもっと穏やかに接することができなかったんだろう。意地っ張り同士。バカな父娘でした。

本書は『小説新潮』に連載していたものを単行本としてまとめたものですが、連載中、面白がって読んでくれていた評論家・坪内祐三さんは、二〇二〇年一月十三日に急逝。坪内さんが雑誌『東京人』の編集者だった頃に出会い、多くのことを学ばせてもらった。歳下だけれど、私は愉快な先生のように思っていた。本になったものを手渡しできないのが、淋しい。

二〇二〇年、コロナ禍の秋に——

著者

初出　「小説新潮」二〇一八年十一月号～二〇二〇年二月号
連載分に加筆修正いたしました。

装幀　南 伸坊
本文挿画　中野 翠

著者紹介
1946年生まれ。埼玉県浦和市（現・さいたま市）出身。早稲田大学政治経済学部卒業後、出版社勤務などを経て文筆業に。1985年より「サンデー毎日」誌上で連載コラムの執筆を開始、現在まで続く。著書に『小津ごのみ』『アメーバのように。私の本棚』『今夜も落語で眠りたい』『この世は落語』『歌舞伎のぐるりノート』『いちまき　ある家老の娘の物語』『あのころ、早稲田で』『だから、何。』など多数ある。

コラムニストになりたかった

発　行……2020年11月25日

著　者……中《なか》野《の》 翠《みどり》
発行者……佐藤隆信
発行所……株式会社新潮社
〒162-8711　東京都新宿区矢来町71
電話　編集部（03）3266-5411
　　　読者係（03）3266-5111
https://www.shinchosha.co.jp
印刷所……大日本印刷株式会社
製本所……大口製本印刷株式会社
乱丁・落丁本は、ご面倒ですが小社読者係宛お送り下さい。
送料小社負担にてお取替えいたします。
価格はカバーに表示してあります。

ISBN978-4-10-419303-5　C0095